오즈의 마법사

이 도서의 번역은 Oxford World's Classics(2008)을 참고하였습니다.

오즈의 마법사

초판 1쇄 인쇄일 | 2018년 3월 23일   초판 1쇄 발행일 | 2018년 3월 30일

지은이 | 라이먼 프랭크 바움
옮긴이 | 정윤희
펴낸이 | 강창용
책임기획 | 이윤희
디자인 | 해피트리
책임영업 | 최대현

펴낸곳 | 느낌이있는책
출판등록 | 1998년 5월 16일 제10-1588
주 소 | 경기도 고양시 일산동구 중앙로 1233(현대타운빌) 1210호
전 화 | (代)031-932-7474
팩 스 | 031-932-5962
이메일 | feelbooks@naver.com
포스트 | http://post.naver.com/feelbooksplus
페이스북 | https://www.facebook.com/feelbooksss

ISBN   979-11-6195-060-0   03840

이 도서의 국립중앙도서관 출판예정도서목록(CIP)은 서지정보유통지
원시스템 홈페이지(http://seoji.nl.go.kr)와 국가자료공동목록시스템
(http://www.nl.go.kr/kolisnet)에서 이용하실 수 있습니다.
(CIP제어번호 : CIP2018008328)

오즈의 마법사

라이먼 프랭크 바움 지음

정윤희 옮김

이 책을 나의 좋은 벗이자 동지인 아내에게 바칩니다.

라이먼 프랭크 바움

서문

　민담과 전설, 신화와 요정 이야기는 수세기를 거치며
아이들과 함께해왔다. 몸과 마음이 건강한 아이들은 환
상적이고 놀라우며 누가 봐도 비현실적인 이야기들을 본
능적으로 좋아하기 때문이다. 그림 형제와 안데르센이
창조한 날개 달린 요정들의 이야기는 아이들에게 인간의
다른 어떤 창조물보다 큰 행복을 안겨주었다.

　하지만 이제 여러 세대를 거치며 읽혀온 고전 동화들
은 어린이 도서관에서 '역사'로 분류될지도 모르겠다. 새
로운 세상의 더욱 새롭고 '놀라운 이야기'들이 등장했기
때문이다. 이제 램프의 마법사 지니와 난쟁이 그리고 요
정은 사라졌다. 무시무시한 도덕을 강조하기 위해 각각
의 이야기마다 꾸며낸 소름 끼치고 간담이 서늘해지는
사건들도 일어나지 않는다. 현대 교육에는 '윤리'가 포함

되어 있어 아이들이 놀라운 동화 속에서 유쾌하지 못한 사건을 경험하지 않고 그저 즐거움만 추구할 수 있게 된 것이다.

나는 오직 오늘날의 어린이들에게 즐거움을 주기 위해 《오즈의 마법사》를 집필했다. 이 작품이 가슴 아픈 일과 악몽은 저만치 밀쳐내고 놀라움과 즐거움만 가득한 현대 동화가 되기를 희망한다.

라이먼 프랭크 바움
1900년 4월, 시카고에서

차례

1
회오리바람

도로시는 캔자스 대평원 한가운데서 농부인 헨리 아저씨, 엠 아주머니와 함께 살았다. 세 사람이 사는 집은 네 개의 벽과 마루와 지붕, 그리고 방 한 칸 달랑 있는 자그마한 곳이었다. 집을 지으려면 멀리서 나무를 가지고 와야 했기 때문이다. 집 안에는 녹슨 요리용 스토브와 접시를 넣는 찬장, 식탁 하나와 의자 서너 개 그리고 침대 두 개가 놓여 있었다. 헨리 아저씨와 엠 아주머니가 쓰는 큼지막한 침대는 한쪽 구석에 놓여 있고 도로시의 작은 침대는 반대편 구석에 있었다. 집에는 다락방도 지하 창고도 없고 마루 밑에 '태풍 대피소'로 사용할 조그만 굴만 하나 있었다. 웬만한 건물은 싹 쓸어버릴 만큼 거센 태풍이 몰아칠 때 세 사람이 몸을 피할 수 있는 곳으로, 마루 한가운데 있는 뚜껑 문을 열고 사다리를 타고 내려가면 나왔다.

도로시가 현관에 서서 바라보는 캔자스 대평원은 온통 잿빛이었다. 사방이 하늘 끝과 맞닿은 드넓은 곳이었지만 시야를 가릴 만한 나무 한 그루, 집 한 채 보이지 않았다. 열심히 갈아놓은 땅은 뜨거운 햇볕에 그을려 잿빛이 되었고 그마저도 가느다란 실금이 가 있었다. 푸르렀던 잔디도 뜨거운 볕에 생기를 잃고 주변 풍경처럼 잿빛으로 변해버렸다. 집에 칠한 페인트도 뜨거운 볕에 색이 바래고 빗물에 씻겨 내려가 이제는 집 밖의 풍경처럼 어두웠다.

뜨거운 햇볕과 바람은 엠 아주머니의 모습마저 몰라볼 정도로 바꾸어버렸다. 캔자스 농장에 처음 왔을 무렵에는 누가 봐도 예쁘고 앳된 새색시 모습이었는데, 초롱초롱하던 눈망울은 우울한 잿빛이 되었고, 붉게 상기되었던 두 볼과 입술은 어느새 사라졌다. 엠 아주머니는 이제 깡마르고 퀭했으며 좀처럼 웃지 않았다.

부모님을 잃고 고아가 된 도로시가 처음 이곳 삼촌 집에 왔을 때만 해도 엠 아주머니는 까르르 웃는 아이의 옷음소리에 깜짝깜짝 놀라면서 비명을 질렀고, 도로시의 즐거운 목소리가 들릴 때마다 손으로 가슴을 누르며 놀란 마음을 추스르곤 했다. 물론 지금도 엠 아주머니는 언제 도로시가 웃을 거리를 찾아낼지 궁금해하는 눈치다.

헨리 아저씨도 좀처럼 웃는 법이 없었다. 눈을 뜨는 순간부터 밤늦게까지 죽어라 일만 하다 보니 즐거움이 뭔지조차 몰랐기 때문이다. 덥수룩하게 자란 수염부터 투박한 장화까지 온통 잿빛인 헨리 아저씨는 엄숙하고 진지한 표정에 말수도 적었다.

도로시를 웃게 만드는 건 토토뿐이었다. 도로시는 토토 덕분에 주위를 둘러싸고 있는 잿빛으로 물들지 않고 버틸 수 있었다. 토토는 잿빛과는 거리가 멀었다.

조그맣고 검은 강아지 토토는 윤기가 흐르는 긴 털을 가졌고, 앙증맞은 코 양옆의 작고 까만 눈동자는 연신 즐거움으로 반짝였다. 토토는 하루 종일 노느라 바빴고, 도로시는 그런 토토와 함께 장난을 치며 시간을 보냈다. 도로시는 토토를 진심으로 사랑했다.

그러나 오늘은 토토와 뛰어놀지 않았다. 헨리 아저씨가 수심이 가득한 얼굴로 계단에 걸터앉아 평소보다 더 짙은 잿빛 하늘만 쳐다보자, 도로시도 토토를 품에 안은 채 하늘을 빤히 바라보고 있었다. 엠 아주머니는 설거지를 하고 있었고, 저 멀리 북쪽에서는 바람이 낮게 으르렁대는 소리가 들려왔다.

헨리 아저씨와 도로시는 폭풍이 몰아치기 전에 기다란 풀들이 파도처럼 굽이치며 고개를 숙이는 모습을 바라보았다. 바로 그때 남쪽에서 휘파람 소리를 닮은 날카로운 소리가 들렸다. 고개를 돌려보니 반대편 풀도 파도처럼 굽이치고 있었다. 그러자 헨리 아저씨가 자리에서 벌떡 일어서며 말했다.

"여보! 사이클론이 몰려오고 있어!"

그는 다급히 아내를 향해 소리쳤다.

"난 가축들을 살피러 가야겠어."

헨리 아저씨는 소떼와 말들이 있는 축사 쪽으로 부리

나게 달려갔다. 엠 아주머니도 설거지를 멈추고 현관으로 뛰어 나왔다. 엄청나게 위험한 상황이 닥쳤다는 것을 한눈에 알 수 있었다.

"도로시! 서둘러!"

엠 아주머니가 외쳤다.

"당장 대피소로 피해야 해!"

그 순간 토토가 도로시의 품에서 폴짝 뛰어내려 침대 아래로 몸을 피했고, 도로시는 토토를 잡으려고 몸을 움직였다. 엠 아주머니는 잔뜩 겁에 질려 마룻바닥의 뚜껑문을 연 뒤 사다리를 타고 조그마한 굴속으로 몸을 숨겼다. 도로시도 가까스로 토토를 붙잡아 아주머니의 뒤를 따랐다. 그런데 방 한가운데쯤 도착했을 때 거센 바람소리와 함께 집 안이 좌우로 요동치기 시작했다. 도로시는 중심을 잃고 마룻바닥에 털썩 주저앉고 말았다.

바로 그때 이상한 일이 벌어졌다. 집이 두어 번 빙그르 돌더니 천천히 하늘로 떠오르기 시작했다. 북쪽에서 불어오는 바람과 남쪽에서 불어오는 바람이 하필 도로시의 집에서 딱 마주쳐 집이 회오리바람의 한가운데 놓인 것이었다. 보통 폭풍의 눈은 잠잠한 편이지만 강한 바람의 압력을 이기지 못한 집은 점점 하늘로 떠올랐고, 마침내 가벼운 깃털처럼 저 꼭대기까지 밀려 올라갔다. 도로시는 마치 풍선을 타고 하늘을 나는 것 같은 기분이었다.

사방이 칠흑처럼 어둡고 으르렁대는 거센 바람 소리가 들렸지만 도로시는 그런대로 바람을 잘 타고 있었다. 처음에 몇 번 집이 빙그르 돌다 한 번인가 심하게 출렁거렸지만 도로시는 요람에 누운 아기가 된 양, 누군가 좌우로 부드럽게 미는 것 같은 느낌이 들었다. 도로시는 그저 마룻바닥에 가만히 앉아 앞으로 어떤 일이 일어날지 차분하게 기다렸다.

하지만 토토는 적응이 안 되는 모양이었다. 연신 방 안을 이리저리 뛰어다니면서 컹컹 짖어댔다. 한 번은 토토가 활짝 열린 뚜껑 문 근처로 갔다가 아래로 쑥 빠지는 일이 벌어졌다. 순간 도로시는 토토를 영영 잃어버리는 게 아닐까 생각했다. 하지만 곧바로 뾰족한 토토의 귀가 문 위로 쑥 튀어 올라왔다. 기압이 워낙 강해 토토가 땅으로 떨어지지 않도록 밑에서 받쳐준 것이다. 도로시는 바닥에 배를 대고 기어가 뚜껑 틈새로 올라온 토토의 귀를 잡고 끌어당긴 뒤 다시는 토토가 떨어지지 않도록 문을 꼭 닫았다.

그렇게 계속 시간이 흘렀고, 도로시는 서서히 두려움을 떨쳐냈다. 하지만 너무 외로웠고 사방에서 휘몰아치는 바람 소리가 워낙 커서 금방이라도 귀가 먹을 것 같

16

았다. 처음에는 이러다가 집이 바닥에 뚝 떨어져 온몸이
산산조각 나면 어쩌나 하는 걱정이 앞섰다. 하지만 몇
시간이 흘렀는데도 그런 끔찍한 일이 벌어지지 않자 괜
한 걱정은 접어두고 앞으로 어떻게 될지 침착하게 기다
려보기로 했다.

도로시는 출렁대는 바닥을 기어서 침대 위로 올라가 몸을 뉘었다. 토토도 뒤따라와 도로시 옆에 엎드렸다. 비록 거센 바람이 불고 집이 좌우로 흔들렸지만 도로시는 눈을 감기 무섭게 깊은 잠에 빠져들었다.

2
난쟁이 먼치킨들과의 만남

도로시는 강한 충격에 놀라 잠에서 깼다. 만약 푹신한 침대에 누워 있지 않았더라면 크게 다쳤을지도 모른다. 도로시는 충격으로 숨이 턱 막힌 채 무슨 일이 일어난 건지 의아해했다. 토토는 축축하게 젖은 조그만 코를 도로시의 얼굴에 비비면서 낑낑거렸다.

도로시는 침대에서 몸을 일으켜 똑바로 앉은 다음에야 집이 더 이상 움직이지 않는다는 것을 알아차렸다. 작은 방의 창문 너머로 밝은 햇살이 비추어 집 안도 어둡지 않았다. 침대에서 폴짝 뛰어내린 도로시는 토토와 함께 재빨리 달려가 문을 열었다.

꼬마 소녀는 탄성을 내뱉으며 주위를 둘러보았다. 사

방의 풍경을 살피던 소녀의 눈동자는 점점 더 휘둥그레졌다. 회오리바람이 소녀의 집을 사뿐히 내려놓은 곳은 경탄할 만큼 아름다운 어느 나라의 한가운데였다.

사방으로 푸른 잔디가 펼쳐져 있고 위풍당당하게 서 있는 나무에는 탐스럽고 먹음직스러운 과일들이 가득했다. 손이 닿는 곳마다 어여쁜 꽃들이 피어 있고 희귀한 새들이 화려한 깃털을 퍼덕이면서 노래를 부르며 나무와 잡목 사이를 날아다녔다. 조금 떨어진 곳에 있는 초록색 강둑 사이로는 작은 시냇물이 반짝이며 졸졸 흘렀다. 오랫동안 메마른 잿빛 초원에 살던 소녀의 귀에는 시냇물 흘러가는 소리가 실로 아름다운 노랫소리처럼 들렸다.

그런데 도로시가 신기하고 아름다운 풍경에 정신이 팔려 있는 사이, 난생처음 보는 해괴한 사람들이 다가오고 있었다. 지금까지 본 어른들처럼 몸집이 큰 편도 아니고 아주 작지도 않았다. 사실 도로시는 또래에 비해 발육이 좋은 편이었는데 그 사람들은 딱 도로시만 한 체구에 훨씬 나이가 들어 보였으며 세 명은 남자, 한 명은 여자였다.

그들은 하나같이 괴상한 차림이었다. 남자들은 파란색, 여자는 흰색 모자를 쓰고 있었는데 머리 위로 30센티미터쯤 뾰족하게 솟은 고깔에 조그만 종들이 달려 움

직일 때마다 예쁜 종소리가 들렸다. 여자는 어깨에 잔주
름이 잡힌 하얀색 드레스를 입었고, 잔주름 위에 붙은
작은 별 장식이 햇볕을 받아 다이아몬드처럼 화려하게

반짝였다. 남자들은 모자 색과 똑같은 파란색 옷을 입고 윗부분이 돌돌 말리고 반들반들 광이 나는 파란색 부츠를 신고 있었다. 세 사람 중 두 남자의 얼굴에 수염이 난 걸 보니 헨리 아저씨와 나이가 비슷한 모양이었다. 하지만 몸집이 작은 여자는 훨씬 나이가 들어 보였다. 얼굴에는 주름이 자글자글하고 머리는 백발에 가까웠으며 걸음걸이도 꽤나 뻣뻣했다.

그들은 도로시가 서 있는 집 근처까지 오더니 더는 가까이 다가올 엄두가 나지 않는 듯 멈추어 서서 소곤대며 이야기를 나누었다. 마침내 작고 나이 든 여자가 도로시 앞으로 다가와 살짝 몸을 숙이며 상냥한 목소리로 말했다.

"먼치킨의 나라에 오신 것을 환영합니다, 고귀한 마법사님. 사악한 동쪽 마녀를 죽이고 우리 먼치킨들이 속박에서 벗어날 수 있게 해주셔서 정말로 감사합니다."

도로시는 깜짝 놀라 가만히 듣고만 있었다. 대체 무슨 이유로 자신을 마법사라고 부르는지, 게다가 사악한 동쪽 마녀를 죽였다니 그게 무슨 소리인지 하나도 알 수 없었다. 사실 도로시는 착하고 순진한 소녀로 그저 회오리바람에 휩쓸려 고향을 떠나 멀리 날아온 것뿐이었다. 더욱이 태어나서 지금까지 누굴 죽인 적은 한 번도 없었다.

하지만 그 작고 나이 든 여자는 도로시의 대답을 기다리는 눈치였다. 도로시가 머뭇거리며 입을 열었다.

"정말 친절하시군요. 그런데 뭔가 잘못 알고 계신 것 같아요. 저는 아무도 죽이지 않았거든요."

그러자 작은 여자가 웃으며 말했다.

"그렇다면 집이 죽인 거겠지요. 어쨌든 죽은 건 죽은 거니까요. 저기를 보세요!"

그녀는 손으로 집 한쪽 구석을 가리키며 말을 이었다.

"나무판자 아래로 마녀의 두 발이 보이잖아요."

도로시는 겁에 질려 꺅 하고 비명을 질렀다. 정말로 집을 지탱하고 있는 커다란 기둥 아래로 뾰족한 은 구두를 신은 발이 튀어나와 있었다.

"어머나, 세상에! 어쩌면 좋아!"

도로시는 겁에 질려 양 손을 꼭 잡으며 외쳤다.

"어쩌기는요."

작은 여자가 차분한 목소리로 말했다.

"그런데 저분은 누구신가요?"

도로시가 은 구두 쪽을 가리키며 물었다.

"제가 말한 사악한 동쪽 마녀예요. 우리 먼치킨들의
자유를 뺏고 아주 오랫동안 우리를 밤낮으로 노예처럼
부렸지요. 그런데 당신 덕분에 우리 먼치킨들이 자유를
찾았답니다."

"먼치킨이 누군데요?"

도로시가 다시 물었다.

"사악한 마녀가 노예처럼 부린 동쪽 나라의 백성들이
지요."

"당신도 먼치킨인가요?"

"아니에요, 저는 그들의 친구랍니다. 본래 북쪽 나라
에 사는데 동쪽 마녀가 죽었다는 전령을 받고 곧바로 이
리 왔지요. 저는 북쪽 마녀랍니다."

"어머, 멋지네요! 진짜 마녀란 말씀이죠?"

도로시가 외쳤다.

"네, 맞아요. 하지만 나는 착한 마녀라서 사람들이 사
랑하지요. 그리고 이곳을 지배했던 동쪽 마녀처럼 강력
한 힘을 가지고 있지는 않아요. 만약 그랬다면 내 힘으

로 먼치킨들을 해방시켰을 거예요."

"마녀는 전부 사악한 사람들인 줄 알았어요."

도로시가 반쯤 겁에 질린 표정으로 북쪽 마녀를 바라보며 말했다.

"아, 그건 매우 잘못된 생각이에요. 오즈의 나라에는 마녀가 넷 있는데, 그중 북쪽과 남쪽에 사는 마녀들은 착하답니다. 제가 그중 하나이기 때문에 잘 알지요. 그리고 동쪽과 서쪽에 사는 마녀들은 정말 사악해요. 그런데 당신이 그중 하나를 죽였으니 이제 오즈의 나라에 사는 사악한 마녀는 서쪽 마녀 하나뿐이지요."

"하지만⋯⋯."

도로시는 잠시 생각에 잠겼다가 말을 이었다.

"엠 아주머니 말로는 아주 오래전에 사악한 마녀들이 전부 죽었다고 하던데요."

"엠 아주머니가 누구신가요?"

작고 나이 든 여자가 다시 물었다.

"캔자스에 사는 제 숙모예요. 저도 그곳에서 왔고요."

북쪽 마녀는 고개를 숙이고 땅을 내려다보며 잠시 생각에 잠겨 있다가 다시 고개를 들며 말했다.

"나는 캔자스가 어디인지 모르겠군요. 그런 나라가 있다는 말조차 들은 기억이 없어요. 하지만 분명히 문명화

된 곳이겠지요?"

"네, 당연하죠."

도로시가 대답했다.

"그렇다면 이해가 되네요. 문명화된 나라에는 마녀가 남아 있지 않을 테니까요. 마녀는 물론이고 마법사도요. 하지만 보다시피 오즈의 나라는 아직 문명화되지 않았답니다. 다른 세상과 멀리 떨어져 있기 때문이지요. 그래서 아직도 마녀와 마법사가 살고 있어요."

"마법사가 누구죠?"

도로시가 물었다.

"오즈의 마법사, 정말 위대하신 분이에요."

북쪽 마녀는 목소리를 한껏 낮추어 말을 이었다.

"오즈의 마법사님의 힘은 우리 모두의 힘을 합친 것보다 훨씬 강하답니다. 그분은 에메랄드 시티에 살고 계세요."

도로시는 이것저것 묻고 싶은 게 많았다. 그런데 때마침 옆에 조용히 있던 먼치킨들이 소리를 지르며 사악한 마녀가 누워 있는 곳을 가리켰다.

"무슨 일이야?"

작고 나이 든 마녀가 먼치킨들이 가리키는 곳을 보더니 곧바로 웃음을 터뜨렸다. 사악한 마녀의 발이 온데간

26

데없이 사라지고 은 구두만 달랑 남아 있었던 것이다. 북쪽 마녀가 웃으며 말했다.

"동쪽 마녀가 너무 늙어서 햇볕을 받자 말라서 사라진 거예요. 이제 완전히 끝난 거지요. 그러니 이제 은 구두는 아가씨의 것이랍니다. 얼른 신어보세요."

북쪽 마녀는 바닥에 놓인 은 구두를 집어 흙을 털더니 도로시에게 내밀었다.

"동쪽 마녀는 항상 이 은 구두를 입에 침이 마르도록 자랑했어요. 구두에도 마법의 능력이 있다고 했는데 그게 무슨 마법인지는 저희도 몰라요."

먼치킨 중 하나가 말했다.

도로시는 은 구두를 받아 집 안의 탁자에 올려두고는 다시 밖으로 나와 말했다.

"저는 아저씨와 아주머니에게 돌아가야 할 것 같아요. 지금쯤 제 걱정을 하고 계실 거예요. 제가 집으로 가는 길을 찾도록 도와주실 수 있나요?"

그러자 먼치킨들과 마녀가 서로를 쳐다보다 도로시를 보고 고개를 가로저었다. 그들 중 하나가 말했다.

"여기서 멀지 않은 동쪽에 가면 커다란 사막이 있어요. 하지만 그 사막을 살아서 건넌 사람은 아무도 없답니다."

"남쪽도 마찬가지예요. 제가 직접 가봐서 잘 알아요. 남쪽은 쿼들링Quadling들이 사는 곳이에요."

다른 먼치킨이 말했다.

"내가 듣기로는 서쪽도 똑같다고 하더군요. 윙키Winkies들이 사는 곳인데 사악한 서쪽 마녀가 다스리고 있어요. 만약 그쪽으로 지나가려고 했다가는 마녀에게 붙잡혀 노예가 되고 말 거예요."

또 다른 먼치킨이 덧붙였다.

"북쪽은 나의 집이에요. 그곳 역시 오즈의 나라를 둘러싸고 있는 것과 똑같은 사막이 펼쳐져 있지요. 아무래도 아가씨는 우리와 함께 살아야 할 것 같군요."

나이 든 마녀가 말했다.

도로시는 눈물을 흘리며 훌쩍였다. 생전 처음 보는 사람들 사이에서 외톨이가 된 기분이었다. 도로시가 눈물을 흘리자 마음씨가 따뜻한 먼치킨들이 하나같이 손수건을 꺼내 들고 함께 훌쩍이기 시작했다. 그러자 작고 나이 든 마녀가 모자를 벗어 뾰족한 끝부분을 코끝에 똑바로 세우고는 진지한 목소리로 외쳤다.

"하나, 둘, 셋!"

그러자 고깔모자가 순식간에 석판으로 바뀌더니 그 위에 하얀 분필로 쓴 커다란 글씨가 나타났다.

도로시를 에메랄드 시티로 보내라.

북쪽 마녀는 석판을 떼서 그 위에 적힌 글을 읽고는 도로시에게 물었다.

"아가씨 이름이 도로시 맞나요?"

"네."

도로시는 눈물을 닦고 고개를 들며 대답했다.

"그럼 아가씨는 에메랄드 시티로 가야 해요. 아마 오즈의 마법사님께서 도와주실 거예요."

"에메랄드 시티가 어디인데요?"

도로시가 물었다.

"이 나라 한가운데에 있어요. 위대하신 오즈의 마법사님께서 다스리는 곳이지요."

"그분은 좋은 분인가요?"

도로시가 걱정스러운 목소리로 물었다.

"아주 선한 분이랍니다. 그러나 저도 직접 뵙지는 못해서 어떤 모습을 하고 계신지는 잘 몰라요."

"그곳은 어떻게 가야 하죠?"

"걸어가야 해요. 아주 긴 여행이 될 거예요. 때로는 재미있고 때로는 무섭고 어두운 곳도 있겠지요. 하지만 내가 아는 모든 마법을 동원해서라도 아가씨가 위험에 빠지지 않도록 도울게요."

"저랑 함께 가지 않으시고요?"

도로시가 애원하듯 물었다. 이제 작고 나이 든 여자가 자신의 유일한 친구처럼 느껴졌다.

"네, 안타깝지만 같이 갈 수 없어요. 하지만 내가 키스를 해줄게요. 북쪽 마녀의 키스를 받은 사람에게 함부로 해를 입힐 수 있는 자는 없으니까요."

북쪽 마녀는 도로시에게 다가와 이마에 다정하게 키스를 해주었다. 도로시는 마녀의 입술이 닿은 부분에 둥글고 반짝이는 표시가 생겼다는 것을 금세 알아차릴 수 있었다.

"에메랄드 시티까지 가는 길에는 노란색 벽돌이 깔려 있으니까 길을 잃어버리지 않을 거예요. 오즈의 마법사님을 만나면 겁먹지 말고 지금까지 벌어진 이야기를 솔직히 말한 뒤 도와달라고 하세요. 그럼 잘 가요."

먼치킨들도 도로시에게 고개를 숙이고 부디 즐거운 여행이 되기를 기도해주었다. 그렇게 인사를 마친 먼치킨들은 다시 나무 사이로 걸어갔고, 북쪽 마녀는 도로시에게 다정하게 목례를 하고는 왼쪽 발꿈치를 바닥에 대고 빙그르르 세 번 돌더니 연기처럼 사라졌다. 그 모습을 보고 놀란 토토가 북쪽 마녀가 있던 자리를 향해 컹컹 짖어댔다. 마녀가 있을 때는 무서워서 으르렁대지도 못했기 때문이다.

하지만 작고 나이 든 여자가 마녀라는 사실을 알고 있는 도로시는 마녀가 그런 식으로 사라진다는 것을 알고 있었기 때문에 하나도 놀라지 않았다.

3
도로시는 어떻게 허수아비를 구출했을까?

혼자 남겨진 도로시는 슬슬 허기가 느껴졌다. 찬장에서 빵을 꺼내 버터를 바른 도로시는 토토에게 빵을 조금 나누어준 뒤 물통을 들고 조그만 개울로 가서 맑고 반짝이는 물을 가득 채웠다. 토토는 나무가 있는 쪽으로 뛰어가더니 가지에 앉아 있는 새들을 향해 컹컹 짖어댔다. 토토를 데리러 나무 쪽으로 다가간 도로시의 눈에 가지에 대롱대롱 매달린 맛있는 과일들이 보였다. 몇 개를 따보니 아침 식사로 먹으면 더할 나위 없을 것 같았다.

다시 집으로 돌아온 도로시는 아침 식사를 끝내고 토토에게도 시원한 물을 충분히 마시게 한 뒤 에메랄드 시티로 떠날 채비를 시작했다. 도로시는 갈아입을 옷이 딱

한 벌뿐이었는데 다행히 빨아서 침대 옆에 걸어둔 상태였다. 하얀색과 파란색 체크무늬가 있는 면 드레스인데 워낙 자주 빨아서 파란빛이 조금 바래긴 했지만 여전히 깜찍했다. 도로시는 정성스럽게 씻고 나서 말끔한 드레스를 입은 다음 챙이 넓은 핑크색 모자를 쓰고 턱밑으로 끈을 여몄다. 조그만 바구니를 꺼내 찬장에 남은 빵도 챙겨 담고 하얀색 천으로 덮었다. 그런데 마지막으로 발끝을 내려다보니 오래되고 낡은 구두가 눈에 들어왔다.

"이 구두를 신고 오래 여행하는 건 무리겠어, 토토."

도로시가 말했다.

토토는 새까만 눈동자로 도로시를 올려다보며 무슨 뜻인지 알겠다는 듯 꼬리를 살랑살랑 흔들었다. 순간 탁자 위에 놓인 은 구두가 눈에 들어왔다. 바로 동쪽 마녀의 구두였다.

"내 발에 맞을지 모르겠네. 저걸 신고 가면 좋겠어. 아무리 오래 걸어도 닳지 않을 테니까."

도로시가 토토를 보며 말했다.

도로시는 낡은 가죽 구두를 벗어 던지고 은 구두를 신어보았다. 마치 도로시 발에 맞추기라도 한 것처럼 꼭 맞았다. 마침내 도로시는 바구니를 들며 말했다.

"토토, 이리 와. 에메랄드 시티로 가서 위대한 오즈의 마법사에게 캔자스로 돌아갈 수 있는 방법이 있는지 물어보자."

도로시는 방문을 닫고 문을 잠근 뒤 드레스 주머니에 열쇠를 잘 챙겨 넣고는 침착하게 뒤를 따르는 토토와 함께 여행을 시작했다.

길은 여러 갈래로 나뉘어 있었지만 노란색 벽돌이 깔린 길을 찾는 건 그리 어렵지 않았다. 도로시는 금세 에메랄드 시티를 향해 씩씩하게 걸음을 옮겼다. 은 구두가 딱딱한 노란 벽돌 길에 닿을 때마다 또각또각 경쾌한 소리를 냈다. 햇살이 환히 비추고 새들은 달콤한 노래를 불렀다. 회오리바람에 휩쓸려 난생처음 보는 나라의 한복판에 떨어진 어린 소녀답지 않게 도로시의 기분도 그리 나쁘지는 않았다.

도로시는 걸으면서 계속 주변의 아름다운 풍경에 놀라 감탄을 내질렀다. 노란 벽돌이 깔린 길 양쪽으로는 예쁜 파란색으로 칠한 낮은 울타리가 이어져 있고 그 너머로는 온갖 곡식과 채소가 가득한 들판이 끝도 없이 펼쳐져 있었다. 먼치킨들은 손재주가 뛰어나고 농작물을 잘 키우는 솜씨가 있는 것이 분명해 보였다. 가끔씩 집들을 지나치기도 했는데, 도로시가 지나갈 때면 사람들이 집 밖으로 나와 그녀에게 정중히 인사를 건네곤 했다. 도로시가 사악한 마녀를 물리치고 자신들을 자유의 몸으로 만들어주었다는 것을 모두가 알고 있는 모양이었다. 먼치킨들이 사는 집은 커다랗고 둥근 돔 지붕이 덮여 있어 다소 이상하게 보였다. 하나같이 시퍼런 색이 칠해져 있는 것으로 보아 동쪽 나라에서는 파란색을 가장 좋아하는 게 분명했다.

이윽고 저녁 무렵이 되었다. 걷다 지친 도로시는 어디에서 밤을 보내야 할지 고민하다 다른 집보다 조금 커 보이는 곳으로 걸음을 옮겼다. 집 앞으로 푸른 잔디가 펼쳐져 있고, 남녀가 모여서 신나게 춤을 추고 있었다. 악사 다섯 명이 요란하게 바이올린 연주를 하고 다른 사람들은 큰 소리로 웃으며 노래를 불렀다. 앞쪽의 커다란 테이블에는 달달한 과일과 견과류, 파이와 케이크 등 온갖 군침 도는 음식들이 산더미처럼 쌓여 있었다.

도로시를 본 사람들은 친절하게 맞이하며 함께 저녁 식사도 하고 하룻밤 쉬어가라고 말했다. 알고 보니 그 집은 먼치킨 나라에서 최고로 꼽히는 부잣집으로, 이웃들이 모여 사악한 마녀의 지배에서 벗어나 자유를 얻은 것을 축하하고 있는 중이었다.

도로시는 보크[Boq]라는 이름의 부유한 먼치킨이 시중을 들어준 덕분에 배부르게 음식을 먹고는 긴 의자에 앉아 흥겹게 춤을 추는 사람들의 모습을 지켜보았다.

"아가씨는 위대한 마법사인가 보군요."

보크가 도로시의 은 구두를 보며 말했다.

"왜요?"

도로시가 물었다.

"은 구두를 신었고, 사악한 마녀도 해치웠잖아요. 게다가 원피스도 하얀색이잖아요. 마녀와 마법사들만 하얀색 옷을 입거든요."

"제 옷은 파란색이랑 하얀색이 섞인 체크무늬예요."

도로시가 옷의 주름을 펼쳐 보이며 대답했다.

"그렇다면 더욱 감사한 일이지요. 파란색은 먼치킨의 색깔이고 하얀색은 마녀의 색깔이거든요. 그래서 당신이 친절한 마녀라는 걸 알 수 있었어요."

보크가 대답했다.

도로시는 대꾸할 말을 찾지 못했다. 모든 사람이 자신을 마녀로 생각하지만, 회오리바람에 휩쓸려 우연히 이상한 나라에 떨어진 평범한 소녀라는 사실을 본인은 알고 있었기 때문이다.

시간이 어느 정도 흐르자 도로시는 춤 구경에 싫증이 났다. 보크가 도로시를 예쁜 침대가 있는 방으로 안내했다. 침대엔 파란색 침대보가 깔려 있었다. 도로시는 이곳에서 다음 날 아침까지 푹 잠을 잤다. 토토도 침대 옆 파란색 깔판 위에 몸을 웅크리고 잠이 들었다.

다음 날 아침, 도로시는 배부르게 아침을 먹고 토토의 꼬리를 잡아당기며 까르르 웃는 꼬마 먼치킨을 바라보면서 흐뭇한 미소를 지었다. 모든 사람이 토토에게 관심을 보였다. 지금까지 강아지를 한 번도 본 적이 없었기 때문이다.

"에메랄드 시티까지는 얼마나 걸리나요?"

"글쎄요."

보크가 심각한 목소리로 대답했다.

"사실은 저도 에메랄드 시티에 가본 적이 없어서 잘 몰라요. 특별한 일이 없으면 오즈에서 멀리 떨어지지 않는 편이 낫고, 에메랄드 시티까지는 거리도 꽤 먼 편이거든요. 아마 며칠은 족히 걸릴 겁니다. 우리 먼치킨의 나라는 풍족하고 살기 좋은 곳이지만, 에메랄드 시티까지 여정을 마치려면 거칠고 위험천만한 곳들을 지나야 할 거예요."

보크의 이야기를 들은 도로시는 내심 걱정이 되었다. 하지만 위대한 오즈의 마법사만이 자신을 다시 캔자스로 돌아가도록 도와줄 수 있다는 사실을 알기에 절대로 포기하지 않겠다고 용감하게 다짐했다.

도로시는 먼치킨 친구들에게 작별 인사를 한 뒤 다시 노란 벽돌 길을 따라 걷기 시작했다. 그렇게 얼마나 걸었을까, 도로시는 잠시 쉬어갈 요량으로 길옆에 있는 울타리 꼭대기로 올라가 앉았다. 울타리 너머로 황금빛 옥수수 밭이 드넓게 펼쳐져 있고, 그리 멀지 않은 곳에 허수아비가 서 있었다. 장대 높이 매달린 허수아비는 알이 통통해진 옥수수를 노리는 새들을 쫓고 있었다.

도로시는 손으로 턱을 괴고 한참 동안 허수아비를 바라보았다. 작은 자루에 지푸라기를 채워 만든 머리에는 사람 얼굴처럼 눈, 코, 입이 그려져 있고 먼치킨이 쓰는 뾰족한 고깔모자도 쓰고 있었다. 지푸라기를 채워 만든 몸통에는 낡고 빛바랜 파란 옷을 걸쳤고, 발에는 먼치킨의 나라에서 흔히 볼 수 있는 윗부분이 파란색인 낡은 부츠를 신고 있었다. 허수아비는 그런 모습으로 옥수수 줄기보다 훨씬 더 키가 큰 장대에 꽂혀 있었다.

허수아비의 이상야릇한 얼굴을 빤히 쳐다보던 도로시는 순간 소스라치게 놀랐다. 허수아비가 도로시를 보며 윙크를 했기 때문이다. 처음에는 잘못 본 거라고 생각했다. 캔자스에 있는 허수아비들은 윙크를 하는 법이 없었으니까. 그런데 잠시 후 허수아비가 도로시를 향해 다정하게 고개를 끄덕였다. 도로시는 울타리에서 폴짝 뛰어내려 허수아비가 있는 쪽으로 다가갔다. 그사이 토토는 컹컹 짖으며 주변을 맴돌았다.

"안녕."

허수아비가 굵직한 목소리로 말했다.

"말을 할 줄 아네?"

도로시가 깜짝 놀라 물었다.

"물론이지. 오늘 기분이 어때?"

"응, 그럭저럭. 너는 어때?"

도로시가 예의를 갖추어 답했다.

"난 기분이 별로야. 밤낮으로 장대에 묶여서 까마귀나

쫓고 있자니 지루해서 죽을 지경이야."

허수아비가 웃는 얼굴로 대답했다.

"땅으로 내려오지 못하는 거야?"

도로시가 물었다.

"응, 내 등이 장대에 꽂혀 있어서 말이야. 네가 나를 장대에서 내려준다면 정말 고마울 텐데."

도로시는 양팔을 뻗어 허수아비를 장대에서 내려주었다. 지푸라기로 만들어서 그런지 굉장히 가벼웠다.

"정말 고마워. 이제야 새 사람이 된 기분이야."

허수아비가 바닥으로 내려서며 말했다.

도로시는 이 모든 상황이 어리둥절하기만 했다. 지푸라기로 만든 허수아비가 말을 하고 자기 옆에서 나란히 걷고 있는 것이 아닌가. 허수아비가 한바탕 기지개를 켜며 하품을 하고는 말했다.

"그런데 너는 누구야? 어디로 가는 길이야?"

"내 이름은 도로시야. 지금은 에메랄드 시티로 가는 길이고. 위대한 오즈의 마법사를 찾아가서 나를 캔자스로 돌려보내 달라고 부탁하려고 해."

"에메랄드 시티가 어디인데? 오즈는 또 누구야?"

허수아비가 물었다.

"어머나! 넌 그것도 모르니?"

"응, 몰라. 나는 아무것도 몰라. 보다시피 나는 지푸라기로 만들어서 뇌가 없거든."

허수아비가 구슬픈 목소리로 대답했다.

"세상에, 정말 안됐다."

도로시가 말했다.

"그래서 말인데, 너랑 같이 에메랄드 시티로 가서 위대한 오즈의 마법사님을 만난다면 나에게 뇌를 만들어주실까?"

"그건 나도 몰라. 하지만 원한다면 같이 가자. 그분이 뇌를 만들어주지 않는다고 해도 지금보다 더 나빠질 건 없잖아."

도로시가 대답했다.

"맞는 말이야. 있잖아, 난 팔다리랑 몸이 지푸라기여도 괜찮아. 어차피 다치지 않으니까. 누가 발을 밟거나 바늘로 몸을 찔러도 상관없어. 어차피 감각을 느낄 수 없으니까. 하지만 사람들이 나를 바보라고 부르는 건 정말 싫어. 머릿속에 뇌가 없고 지푸라기만 가득 찬 채 살아야 한다면 내가 무엇을 알 수 있겠어?"

"네 기분이 어떤지 이해가 돼. 만약 나랑 같이 간다면 너를 위해서 뭐라도 도와달라고 오즈에게 부탁해볼게."

도로시는 진심으로 허수아비가 안쓰러웠다.

"고마워."

허수아비가 감격에 겨운 목소리로 대답했다.

둘은 다시 노란 벽돌 길로 향했다. 도로시는 허수아비가 울타리를 넘을 수 있도록 도와주었고, 둘은 그렇게 에메랄드 시티를 향해 노란 길을 따라 걷기 시작했다.

토토는 일행이 하나 늘어난 것이 달갑지 않은 눈치였다. 지푸라기 사이에 쥐들이 숨어 있기라도 하다는 듯 연신 킁킁대며 허수아비 곁을 맴돌고, 불만에 가득 차서 으르렁거리기도 했다.

"토토는 신경 쓰지 마. 물지 않으니까."

도로시가 새 친구에게 말했다.

"아, 나는 하나도 안 무서워. 지푸라기로 만들어서 다칠 염려가 없거든. 그리고 바구니는 내가 대신 들어줄게. 난 지치는 법이 없으니까 무거운 걸 들어도 괜찮아. 내가 비밀 하나 가르쳐줄까?"

허수아비는 길을 걸으며 말을 이었다.

"나는 세상에서 제일 무서운 게 딱 하나 있어."

"그게 뭔데? 너를 지푸라기로 만든 먼치킨 농부?"

도로시가 물었다.

"아니, 그건 바로 불이 활활 타오르는 성냥이야."

허수아비가 대답했다.

4
숲길을 따라서

몇 시간이 흘렀을까, 길이 점점 험해지더니 걸음조차 떼기 힘들 정도가 되었다. 허수아비는 울퉁불퉁 튀어나온 노란 벽돌에 걸려 자꾸 넘어졌다. 간간이 벽돌이 깨지거나 움푹 파인 곳이 나오면 토토는 폴짝 뛰어넘고 도로시는 빙 둘러서 걸었지만 허수아비는 뇌가 없는 터라 계속 앞으로만 걸어 구덩이에 빠지거나 딱딱한 벽돌 위로 자빠지기 일쑤였다. 도로시는 그런 허수아비를 일으켜 세웠고, 그러면 허수아비는 자신이 겪은 불행한 사고를 농담처럼 흘려 넘겼다.

지금까지 본 곳들과는 달리 이쪽 농장들은 제대로 관리되지 않은 듯 보였다. 점점 집들이 뜸해지고 과일 나무도 좀처럼 보이지 않았다. 그렇게 걸어갈수록 점점 침울하고 쓸쓸한 시골 풍경이 이어졌다.

정오 무렵, 도로시 일행은 조그만 개울 근처에서 잠시 쉬어가기로 했다. 도로시는 바구니를 열고 빵조각을 꺼내 허수아비에게 건넸다. 하지만 그는 사양했다.

"나는 배고픔을 느끼지 못해. 입도 그냥 그려만 놓았으니 당연한 거지. 차라리 다행이야. 만약 음식을 먹기 위해 입에 구멍을 만들면 지푸라기가 튀어나와 내 머리 모양이 온통 엉망이 되어버릴 테니까."

허수아비가 말했다.

허수아비를 슬쩍 살핀 도로시는 맞는 말이라고 생각하며 고개를 끄덕이고는 빵조각을 우물우물 씹어 먹었다.

"너에 대해서 이야기해줘. 네가 살던 고향 얘기도 듣고 싶어."

도로시가 식사를 마치자 허수아비가 말했다.

도로시는 캔자스는 사방이 잿빛으로 둘러싸인 곳이며, 회오리바람을 타고 이상한 나라 오즈에 오게 되었다는 것까지 자세히 들려주었다.

"이렇게 아름다운 나라를 두고 네가 왜 그 캔자스라는 잿빛의 메마른 곳으로 돌아가고 싶어 하는지 이해가 안 돼."

도로시의 말에 귀를 기울이던 허수아비가 말했다.

"뇌가 없어서 이해가 안 되는 거야. 인간은 제아무리 우울하고 지루한 곳이라도 자기 집에서 살고 싶어 하거든. 아무리 아름다운 나라에 가도 말이야. 집처럼 편한 곳은 없으니까."

"나야 당연히 이해하기 힘들겠지. 모든 사람의 머릿속에 나처럼 지푸라기가 가득 차 있다면 누구나 아름다운 이 나라에서 살려고 할 테고, 그러면 캔자스에는 아무도 남지 않을 거야. 너희에게 뇌가 있는 게 캔자스라는 곳에게는 다행스러운 일이겠어."

허수아비가 한숨을 푹 쉬며 말했다.

"잠깐 쉬는 동안 네 이야기도 들려줘."

도로시가 말했다. 그러자 허수아비는 책망 섞인 눈빛으로 도로시를 쳐다보며 입을 열었다.

"난 살아온 기간이 워낙 짧아서 별로 아는 게 없어. 겨우 그저께 만들어졌거든. 그전에는 무슨 일이 있었는지 하나도 몰라. 다행히 농부가 내 머리를 만들 때 제일 먼저 귀부터 그려 무슨 일이 벌어지고 있는지는 전부 들을 수 있었지만. 다른 먼치킨도 옆에 있었는데 태어나서 처음 들은 건 농부의 목소리였어."

허수아비는 자기 이야기를 시작했다.

"'귀 모양이 어때?' 농부가 물었어. '짝짝이잖아.' 다른 농부가 대답했어. '괜찮아. 어차피 귀는 다 똑같아.' 사실 농부의 이 말이 틀린 건 아니었어. '이제 눈을 그려야 겠어.' 농부가 이렇게 말하면서 오른쪽 눈부터 그렸어. 그러자 눈앞에 서 있는 농부의 모습이 보이는 거야. 나는 호기심에 가득 차서 주위를 둘러봤어. 그때 처음으로 세상을 볼 수 있게 된 거니까. '눈이 정말 예쁘다. 역시 눈동자는 파란색이 제일 예쁘다니까.' 다른 먼치킨이 농부에게 말했어. '반대쪽 눈은 조금 더 크게 그려야겠어.' 농부가 말했지. 그렇게 두 번째 눈까지 다 그리고 나니까 세상이 훨씬 잘 보이더라. 그다음에는 코도 그리고 입도 그렸지. 하지만 그때만 해도 입으로 뭘 하는 건지 몰라서 아무 말도 하지 않고 있었어. 그렇게 내 몸통과 팔과 다리를 만드는 모습을 지켜보고 있었는데 꽤 재미있더라고. 마지막으로 몸통에 머리를 붙이고 나니까 괜히 어깨까지 으쓱해지더라. 그때만 해도 내가 진짜 인간이 된 줄 알았거든.

'이제 이 녀석이 까마귀 떼를 재빠르게 쫓아주겠지. 진짜 사람처럼 생겼잖아.' 농부가 말했어. '사실 사람이나 다름없지.' 다른 먼치킨이 이렇게 말하기에 나도 속으로 동감했어. 그런데 농부가 나를 옆구리에 끼고 옥수수

밭으로 가더니 기다란 장대에 나를 세워두고는 친구와
함께 가버렸어. 나는 그렇게 버려지고 싶지 않아서 따라
가 보려고 했지만 땅바닥에 발이 닿지 않는 거야. 그래
서 어쩔 수 없이 장대 위에 매달려 있었던 거지.

　　만들어지자마자 장대에 매달린 터라 생각할
거리가 없어서 더욱 외로웠어. 까마귀랑
다른 새들이 수도 없이 옥수수 밭으로 날아

왔지만, 나를 먼치킨이라고 생각했는지 그대로 다시 날아가 버리더라고. 그때까지는 기분이 나쁘지 않았어. 내가 아주 중요한 사람이 된 것 같았으니까. 그런데 얼마쯤 지나자 늙은 까마귀 한 마리가 가까이 날아와서 나를 구석구석 살피더니 내 어깨에 걸터앉아서 이렇게 말하는 거야. '이런 어설픈 걸로 나를 속이려고 했단 말이지. 어느 정도 눈썰미를 갖춘 까마귀라면 네 녀석이 지푸라기로 만들어졌다는 걸 알 수 있을 텐데 말이야.' 그러고는 내 발치로 내려가서 옥수수를 맘껏 먹어치웠어. 내가 아무런 제지도 하지 못하자 다른 새들도 금세 옥수수를 먹으러 날아왔지. 그렇게 내 주위로 새 떼들이 가득 모여들었어. 난 너무 슬펐어. 내가 훌륭한 허수아비가 아니라는 사실이 드러난 거잖아. 그런데 늙은 까마귀가 이렇게 말하는 거야. '네 머릿속에 뇌만 있으면 얼마든지 인간과 똑같아질 수 있고, 어쩌면 몇몇 인간보다는 더 나을 수 있을 거야. 세상을 사는 데 정말 가질 가치 있는 건 바로 뇌란다. 그게 까마귀든 인간이든 말이야.'

까마귀 떼가 떠난 후 나는 그 말을 곰곰이 생각해봤어. 그러고는 뇌를 가지기 위해 뭐든 해보기로 결심했지. 그런데 정말 운이 좋게도 네가 와서 나를 장대에서 내려준 거야. 네 말처럼 에메랄드 시티에 도착하면 위대한 오즈의 마법사가 나에게 뇌를 만들어줄지도 몰라."

"그렇게 뇌를 갖고 싶어 한다니, 정말로 그렇게 됐으면 좋겠다."

도로시가 진심을 다해 말했다.

"그럼, 정말로 갖고 싶어. 자신이 바보라는 걸 안다는 건 정말 불쾌한 일이니까."

"좋아, 그럼 다시 출발해보자."

도로시가 바구니를 허수아비에게 건네며 말했다.

이제는 주변에서 울타리도 보이지 않았다. 대신 험하고 울퉁불퉁한 땅들이 이어졌다. 그렇게 저녁이 되어갈 무렵, 일행은 커다란 숲에 도착했다. 노란 벽돌 길 위로 커다란 나뭇가지들이 서로 엉켜 있었다. 나뭇가지들이 햇빛을 가려 사방이 어두웠지만 일행은 멈추지 않고 숲속으로 계속 걸음을 옮겼다.

"들어가는 길이 있으면 반드시 나오는 길도 있을 거야. 이 길을 따라 끝까지 가면 에메랄드 시티가 나온다고 했으니까 끝까지 가보자."

허수아비가 말했다.

"그건 누구나 아는 사실이야."

도로시가 말했다.

"그렇겠지. 그러니까 나도 아는 걸 테고. 만약 뇌가 있어야만 알 수 있는 거라면 나는 절대로 그런 말을 하지 못했을 테니까."

그렇게 한 시간쯤 지났을까, 빛이라곤 찾아볼 수 없을 정도로 사방이 어두컴컴해졌다. 도로시 일행은 어둠 속에서 비틀거리며 걸음을 내디뎠다. 도로시는 앞을 전혀 볼 수 없지만 토토는 다른 개들처럼 어둠 속에서도 거침없이 나아갔다. 허수아비 역시 낮처럼 사방이 잘 보인다고 했다. 그래서 도로시는 허수아비의 팔을 잡고 주춤주춤 걸음을 옮겼다.

"혹시라도 집이나 우리가 하루 쉬어갈 수 있는 장소가 보이면 얘기해줘. 어두운 길을 걷는 건 정말 힘든 일이잖아."

얼마 지나지 않아 허수아비가 걸음을 멈추고 말했다.

"오른편에 작은 오두막이 있어. 통나무랑 나뭇가지를 엮어서 만든 거 같은데, 저기로 가볼까?"

"그래, 그러자."

소녀가 말했다.

"너무 피곤해서 쓰러질 것 같아."

허수아비는 소녀를 이끌고 숲을 지나 오두막으로 향했다. 오두막 안으로 들어가니 구석에 나뭇잎으로 만든 침대가 보였다. 도로시는 곧바로 토토를 안고 침대 위로 올라가 깊은 잠에 빠져들었고, 피곤함을 느끼지 못하는 허수아비는 반대편 구석으로 가서 인내심을 가지고 아침이 올 때까지 기다렸다.

5
양철 나무꾼을 구출하다

도로시가 눈을 떠보니 햇살이 나무들 사이로 반짝이고, 토토는 벌써 일어나 새들과 다람쥐들을 쫓아다니는 중이었다. 도로시는 자리에 앉아 주위를 둘러보았다. 허수아비는 여전히 구석에 선 채 도로시가 잠에서 깨기만을 기다리고 있었다.

"나가서 물을 찾아봐야겠어."

도로시가 말했다.

"왜 물이 필요한데?"

허수아비가 물었다.

"먼지가 가득한 길을 걸었으니 세수도 하고 딱딱한 빵을 먹다 목에 걸리면 안 되니까 마시기도 해야지."

"몸이 살로 만들어져 있으니 불편한 일이 많겠구나. 잠도 자야 하고 먹고 마셔야 할 테니까. 하지만 뇌가 있어 제대로 생각할 수 있다면 그 정도 불편은 참을 만하겠지."

허수아비가 곰곰이 생각한 뒤 말했다.

그들은 오두막을 벗어나 깨끗한 샘물을 찾을 때까지 나무들 사이를 걸었다. 도로시는 시원한 물을 마시고 세수도 하고 아침도 먹었다. 바구니에 빵이 얼마 남지 않아 허수아비가 음식을 먹지 않아도 된다는 사실이 못내 다행스러웠다. 사실 남은 빵으로는 토토와 도로시가 하루를 먹기에도 빠듯했기 때문이다.

아침 식사를 마친 도로시 일행은 노란 벽돌 길로 돌아가려고 길을 나섰다. 그런데 근처에서 낮은 신음소리가 들렸다. 도로시는 화들짝 놀랐다.

"이게 무슨 소리지?"

도로시가 겁에 질려 말했다.

"나도 잘 모르겠어. 일단 가서 확인해보자."

허수아비가 대답했다.

그때 또다시 낮은 신음소리가 들렸다. 이번에는 뒤쪽에서 들리는 것 같았다. 곧바로 방향을 돌려 숲속으로 몇 걸음 옮기자 나무들 사이로 무언가 반짝이며 빛나는 것이 눈에 들어왔다. 도로시는 그쪽으로 달려가다 외마

디 비명을 지르며 자리에 멈추어 섰다.

커다란 나무들 중 하나가 반쯤 잘려 있고, 바로 옆에
온몸이 양철로 된 남자가 도끼를 들고 서 있었다. 몸통
에 머리와 다리가 붙어 있었지만 전혀 움직이지 못하는
듯 미동도 없었다.

도로시는 놀란 토끼 눈으로 양철로 된 남자를 쳐다보았다. 허수아비도 마찬가지였다. 반대로 토토는 컹컹 짖으면서 양철로 된 다리를 물어뜯었지만 오히려 자기 이빨만 아팠다.

　"네가 신음소리를 낸 거야?"

　도로시가 물었다.

　"맞아, 내가 그랬어. 여기서 일 년 넘게 끙끙대고 있었는데 아무도 나를 도와주러 오지 않았거든."

　양철 남자가 대답했다.

　"내가 어떻게 도와주면 되겠니?"

　도로시는 양철 남자의 슬픈 목소리에 마음이 한껏 누그러져 부드러운 목소리로 물었다.

　"기름통을 가져다 팔과 다리의 관절 부분에 좀 칠해주겠니? 온몸이 심하게 녹슬어서 도저히 움직일 수가 없어. 기름칠만 하면 곧 괜찮아질 거야. 저기 내 오두막에 가면 기름통을 찾을 수 있을 거야."

　곧바로 오두막으로 달려가 기름통을 찾아온 도로시는 혹시나 싶은 마음에 다시 물었다.

　"그런데 관절 부분이 어디야?"

　"먼저 목에 기름칠을 해줘."

　양철 남자가 말했다.

도로시는 양철 남자의 목 부분에 기름을 바르기 시작했다. 허수아비는 오래된 녹이 떨어져나가 목을 자유롭게 움직일 수 있을 때까지 그의 머리를 양옆으로 살살 돌려주었다. 한참 후 양철 남자는 혼자 목을 돌릴 수 있게 되었다.

"이제 내 양쪽 팔에 기름칠을 해줘."

도로시는 다시 기름을 발랐고, 허수아비는 양철 남자의 팔을 조심스럽게 구부려주었다. 그러자 양철로 된 팔이 새것처럼 자유롭게 움직였다. 양철 남자는 그제야 만족스러운 한숨을 내쉰 뒤 들고 있던 도끼를 내려놓고 나무에 기대었다.

"이제야 좀 살 것 같아. 온몸의 관절에 녹이 슬어 줄곧 도끼를 들고 있었거든. 드디어 도끼를 내려놓을 수 있게 되었네, 너무나 다행이야. 이제 내 다리에도 기름칠을 해주면 곧바로 예전으로 돌아갈 수 있을 거야."

도로시와 허수아비는 그가 다리를 자유롭게 움직일 수 있을 때까지 기름칠을 했다. 양철 남자는 다시 몸을 움직일 수 있게 해주어 고맙다며 연신 인사를 건넸다. 매우 예의 바르고 감사함도 표현할 줄 아는 사람이었다.

"만약 너희들이 와 주지 않았다면 난 영원히 이곳에 서 있었을지도 몰라. 그러니까 너희는 내 생명의 은인이

나 다름없어. 그런데 여기는 무슨 일로 온 거야?"

"우리는 위대한 오즈의 마법사를 만나기 위해 에메랄드 시티로 가는 중이야. 어젯밤에 그 오두막에서 잠을 잤고."

도로시가 말했다.

"오즈의 마법사는 왜 만나러 가는데?"

양철 남자가 다시 물었다.

"나를 캔자스로 돌아갈 수 있게 해달라고 부탁하려고. 여기 허수아비는 머릿속에 뇌를 만들어달라고 부탁할 거야."

그 말을 들은 양철 남자가 한참 동안 곰곰이 생각하더니 이렇게 말했다.

"혹시 오즈의 마법사가 나에게 심장을 만들어줄 수 있을까?"

"글쎄, 안 될 것도 없지 않아? 허수아비에게 뇌를 만들어주는 거랑 비슷하니까 어렵지 않을 것 같은데."

"맞는 말이야!"

양철 남자가 동의했다.

"그래서 말인데, 너희들과 함께 갈 수 있도록 허락해준다면 나도 에메랄드 시티로 가서 오즈의 마법사에게 도움을 구하고 싶어."

"그럼 같이 가자."

허수아비가 진심으로 말했다. 도로시도 여럿이 함께 가면 좋을 것 같다고 말했고, 양철 남자는 어깨에 도끼를 둘러메고 일행을 따라나섰다. 그렇게 셋은 잘 포장된 노란 벽돌 길이 나올 때까지 숲길을 가로질러 걸었다. 양철 남자는 도로시의 바구니에 기름통을 함께 넣어도 되느냐고 물었다.

"혹시 비가 와서 내 몸이 다시 녹슬게 되면 반드시 기름통이 필요하게 될 테니까."

새 친구가 합류한 것은 정말로 다행스러운 일이었다. 숲길을 따라 걸어간 지 얼마 되지 않아 나무와 가지들이 빽빽하게 자라 도저히 지나갈 수 없는 길이 나타났는데, 양철 남자가 가지고 온 도끼로 나무를 잘라내어 일행이 지나갈 수 있도록 말끔히 길을 내주었던 것이다.

도로시는 뭔가 깊은 생각에 잠겨 걸었다. 그래서 허수아비가 구멍에 빠져 길옆으로 데굴데굴 굴렀다는 사실조차 알지 못했다. 결국 허수아비는 일으켜달라고 소리를 지를 수밖에 없었다.

"구멍이 보이면 피해서 걸어가지 그랬어?"

양철 남자가 물었다.

"난 그런 생각조차 할 수가 없어."

허수아비가 활기찬 목소리로 말했다.

"알다시피 내 머릿속에는 지푸라기만 가득 차 있잖아. 그래서 오즈의 마법사에게 뇌를 달라고 부탁하러 가는 거고."

"아, 그렇구나."

양철 남자가 말했다.

"하지만 세상에서 제일 중요한 것은 뇌가 아니야."

양철 남자가 말했다.

"너는 뇌가 있어?"

허수아비가 물었다.

"아니, 내 머리는 텅 비어 있어. 하지만 한때는 뇌도 있고 심장도 있었지. 둘 다 가져봤단 말이야. 하지만 나는 뇌보다 심장을 더 원해."

양철 남자가 대답했다.

"어째서?"

허수아비가 되물었다.

"내 이야기를 들려줄게. 듣고 나면 너도 이해할 수 있을 거야."

양철 남자는 숲길을 걷는 동안 자신의 이야기를 들려주었다.

"나는 숲에서 나무를 베어다 파는 나무꾼의 아들이었

어. 나 역시 자라서 나무꾼이 되었고, 아버지가 돌아가신 뒤엔 홀로 어머니를 보살펴드렸지. 그러다 어머니까지 돌아가시자 혼자 살지 말고 결혼을 해야겠다고 마음먹었어. 그래야 더는 외롭지 않을 테니까.

　나는 곧 정말로 아름다운 먼치킨 아가씨 하나를 진심으로 사랑하게 되었어. 그녀 역시 그랬고. 내가 돈을 벌어 좀 더 좋은 집을 마련하면 나와 결혼하겠다고 약속했지. 그래서 난 정말로 열심히 일했어. 그런데 그 아가씨와 함께 살던 노파가 우리의 결혼을 탐탁지 않게 생각했어. 워낙 게으른 사람이라 그 아가씨가 계속 자기와 살면서 요리도 해주고 살림도 해주길 바랐거든. 그 노파는 사악한 동쪽 마녀를 찾아가 우리가 결혼하지 못하게 막아주면 양 두 마리와 소 한 마리를 바치겠다고 약속했어. 그러자 그 사악한 동쪽 마녀가 내 도끼에 마법을 걸었어.

　얼른 새집을 지어서 그 아가씨와 결혼하고 싶은 마음에 여느 때처럼 열심히 도끼질을 하고 있었는데, 도끼가 제멋대로 미끄러지더니 내 왼쪽 다리를 잘라버리고 말았지. 처음에는 엄청난 불행이라고 생각했어. 외다리로 나무꾼 일을 한다는 건 불가능하니까. 나는 양철공을 찾아가 새 다리를 만들어달라고 부탁했어. 새 다리를 만들고 나니까 그럭저럭 움직일 수는 있었지. 그런데 이 사실을 안 사악한 동쪽 마녀가 머리끝까지 화가 나 버렸어. 노파에게 나와 그 먼치킨 아가씨가 결혼하지 못하게 해주겠노라고 약속했으니까. 결국 나는 다시 나무를 자르다가 도끼가 미끄러지는 바람에 남아 있던 오른쪽 다리마저 잃고 말았어. 그래서 나는 다시 양철공을 찾아갔고, 그가 나머지 다리도 만들어주었지. 그 뒤 마법에 걸린 도끼가 내 양팔도 잘라버렸지만 나는 끝까지 포기하지 않았어. 어차피 양철 팔을 만들면 되는 거니까. 그러자 사악한 마녀는 마지막으로 내 머리까지 잘라버렸어. 그 순간에는 나도 끝이라고 생각했어. 그런데 우연히 지나가다 그 장면을 본 양철공이 머리를 새로 만들어주었어. 그래서 나는 사악한 마녀를 이겼다고 생각하며 그 어느 때보다 열심히 일했어. 하지만 나는 사악한 동쪽 마녀가 얼마나 잔인한지 모르고 있었던 거야.

동쪽 마녀는 아름다운 먼치킨 아가씨를 사랑하는 나의 마음을 없애버릴 방법을 궁리하다 이번에는 내 도끼로 몸통을 절반으로 잘라버리고 말았어. 그러자 양철공이 다시 한 번 나를 위해 몸통을 만들고 팔다리와 몸을 완벽하게 붙여주었어. 덕분에 예전처럼 사지를 자유롭게 움직일 수 있게 되었지. 그런데 맙소사! 몸통이 반으로 잘리면서 심장을 잃어 먼치킨 아가씨를 향한 내 사랑마저 사라져버린 거야. 그래서 먼치킨 아가씨와 결혼하든 못하든 상관없게 되어버렸어. 아마 그 아가씨는 지금도 나를 기다리면서 노파와 살고 있을 텐데.

나는 양철로 만든 몸이 햇빛을 받아 번쩍대는 것이 무척 자랑스러웠어. 이제는 도끼가 미끄러져도 아무 상관없었으니까. 물론 딱 한 가지 위험은 남아 있었어. 팔다리와 몸통을 잇는 관절이 녹슬 수 있다는 거였지. 그래서 오두막에 기름통을 준비해놓고 필요할 때마다 녹이슬지 않도록 기름칠을 하곤 했지. 그런데 기름칠하는 걸 깜빡한 어느 날 하필이면 폭풍우를 만나 온몸이 젖어버리고 만거야. 그제야 몸통과 팔다리를 잇는부분이 녹슬 수 있다는 생각이 들더라. 그래서 너희들이 나를 찾아와구해줄 때까지 숲에서 꼼짝도 하지 못하고 있었던 거야. 정말힘든 시간이었지만, 일 년동안 숲속에서 지내면서내가 잃은 것 중가장 소중한 것이 바로 심장이라는 사실을 깨달았어. 사랑에 빠졌을 때 나는 세상에서 가장 행복한 사람이었어. 하지만 심장이 없으면 사랑도 할 수가 없잖아. 그래서 오즈의 마법사에 게 심장을 만들어달라고 부탁하려는 거야. 그렇게만 된다면, 다시 먼치킨 아가씨를 찾아가 청혼을 하고 싶어."

도로시와 허수아비는 귀를 쫑긋 세우고 양철 나무꾼의 이야기를 들었다. 그제야 양철 나무꾼이 심장을 갖고 싶어 하는 이유를 이해할 수 있었다.

"그렇지만 나는 심장보다는 뇌를 만들어달라고 부탁할 거야. 바보는 심장을 가지고 있어도 그걸로 무엇을 해야 할지 모를 테니까."

허수아비가 말했다.

"나는 심장을 만들어달라고 할 거야. 뇌는 사람을 행복하게 만들어주지 못하니까. 세상을 살아가면서 가장 중요한 건 바로 행복이야."

양철 나무꾼이 응수했다.

도로시는 아무 말도 하지 않았다. 둘 중 어느 쪽이 옳은지 판단할 수 없었기 때문이다. 그냥 캔자스에 있는 엠 아주머니에게 돌아갈 수만 있다면, 양철 나무꾼이 뇌를 가지지 못하건 허수아비가 심장을 가지지 못하건, 아니면 둘이 각자 원하는 것을 가지게 되건 크게 상관없을 것 같았다.

지금 도로시의 가장 큰 걱정은 남은 빵이 거의 바닥났다는 것뿐이었다. 바구니에는 토토와 도로시가 한 끼를 먹을 양 정도만 남아 있었기 때문이다. 양철 나무꾼과 허수아비는 음식을 먹지 않고도 버틸 수 있었지만, 도로시는 양철이나 지푸라기로 만들어진 게 아니라서 뭐든 먹지 않고는 버틸 수가 없었다.

6
겁쟁이 사자

　도로시와 친구들은 빽빽한 숲길을 걷고 또 걸었다. 여전히 길에는 노란색 벽돌이 깔려 있었지만 나무에서 떨어진 마른 가지와 낙엽들이 잔뜩 쌓여 있어 걸음을 옮기기가 쉽지 않았다.

　이쪽 숲에서는 새들도 좀처럼 볼 수 없었다. 새들은 햇살이 비추는 탁 트인 마을을 더욱 좋아했기 때문이다. 이따금 나무숲 사이로 들짐승들이 낮게 으르렁거리는 소리만 들려왔다. 대체 어떤 짐승이 내는 소리인지 알 수 없었기 때문에 어린 소녀의 심장은 쿵쾅거렸다. 반대로 토토는 안다는 듯이 맞서서 짖지도 않고 도로시 옆에 찰싹 붙어서 걸었다.

"대체 얼마나 더 가야 숲에서 나갈 수 있을까?"

도로시가 양철 나무꾼에게 물었다.

"나야 모르지. 나도 에메랄드 시티까지 가본 적이 없으니까. 하지만 내가 어릴 적에 아버지가 에메랄드 시티에 다녀오신 적이 있는데 아주 위험한 지역을 지나가야만 하는 길고 긴 여정이라고 하셨어. 물론 오즈의 마법사가 계신 도시에 가까워질수록 경치가 아름다워지기는 한대. 하지만 나에게는 기름통이 있으니까 아무것도 겁나지 않아. 허수아비도 다칠 염려가 없고. 너도 이마에 착한 마녀의 입맞춤이 찍혀 있으니까 어떤 위험이 닥쳐도 무사할 수 있을 거야."

"하지만 토토는 어쩌고! 토토는 누가 지켜주지?"

도로시가 외쳤다.

"토토가 위험에 빠지면 우리가 지켜줘야지."

양철 나무꾼이 대답했다.

바로 그때 숲속에서 무시무시한 울음소리가 들리더니 곧바로 커다란 사자 한 마리가 길 쪽으로 뛰어나왔다. 사자는 앞발로 허수아비를 걷어찼고 허수아비는 그대로 길 끝까지 데구루루 굴러갔다. 곧이어 사자는 날카로운 발톱으로 양철 나무꾼을 내리찍었다. 양철 나무꾼은 그대로 쓰러져 꼼짝도 못 하고 누워 있었다. 하지만 양철로 된 몸이 생각 외로 멀쩡해 보이자 사자도 못내 놀란 눈치였다.

마침내 자그마한 몸집의 토토가 적과 맞섰다. 토토는 사자를 향해 컹컹 짖어댔고 커다란 사자는 토토를 한입에 삼켜버릴 듯이 입을 쫙 벌렸다. 바로 그때 토토가 사자에게 먹힐까 봐 걱정된 도로시가 둘 사이로 뛰어들어 사자의 콧등을 있는 힘껏 내리치며 외쳤다.

"감히 토토를 물려는 거야? 부끄러운 줄 알아야지! 너처럼 몸집이 커다란 짐승이 이렇게 작은 강아지를 물려고 하다니!"

"안 물었잖아."

사자가 도로시에게 얻어맞은 코끝을 발로 문지르며 대꾸했다.

"아직 안 문 거지 물려고 했잖아! 덩치만 큰 겁쟁이 같으니!"

도로시가 따지듯 말했다.

"나도 알아. 내가 겁쟁이인 거! 예전부터 잘 알고 있었어."

사자가 부끄럽다는 듯 고개를 떨어뜨리고 말했다.

"알긴 아는구나? 게다가 넌 지푸라기로 만든 힘없는 허수아비까지 쓰러뜨렸어!"

"지푸라기로 만들었다고?"

사자가 놀라서 되물었다. 그러고는 도로시가 허수아
비를 일으켜 두 발로 똑바로 설 수 있도록 도와주고 몸을 툭툭 두드려 제대로 형태를 잡아주는 모습을 지켜보았다.

"당연히 지푸라기로 되어 있지!"

도로시가 여전히 날선 목소리로 대답했다.

"그래서 한 방에 날아가 버렸구나. 데굴데굴 굴러가길 래 나도 깜짝 놀랐어. 그럼 저쪽에 있는 사람도 지푸라 기로 되어 있어?"

"아니, 저쪽은 양철로 만들어졌어."

도로시가 양철 나무꾼을 부축해서 일으켜 세우며 말 했다.

"아, 그래서 내 발톱이 부러질 뻔했구나. 발톱 끝이 양철에 긁히는데 소름이 쫙 돋더라니까. 그럼 네가 목숨 을 걸고 지키려고 했던 저 자그마한 동물은 뭐야?"

사자가 물었다.

"쟤는 내 강아지 토토야."

도로시가 대답했다.

"저것도 양철이나 지푸라기로 만들어졌어?"

사자가 물었다.

"아니, 둘 다 아니야. 토토는 그냥 살점으로 되어 있 는 강아지야."

도로시가 대답했다.

"아, 정말 신기한 동물이네! 이제 보니 정말 몸집이

작구나. 나 같은 겁쟁이가 아니면 저렇게 작은 동물을 깨물 생각은 하지 않을 거야."

사자가 서글픈 목소리로 말했다.

"어쩌다가 그런 겁쟁이가 된 거야?"

도로시가 사자를 호기심 가득한 눈으로 쳐다보며 물었다.

"나도 그걸 잘 모르겠어. 아무래도 겁쟁이로 태어났나 봐. 숲속에 사는 동물은 모두 내가 용감할 거라고 생각해. 어디서나 사자는 동물의 왕이라 여기잖아. 어릴 적에는 무섭게 으르렁대기만 하면 살아 있는 것은 모두 다 도망칠 거라고 배웠어. 사실 인간들도 만날 때마다 너무너무 겁이 나는데 그냥 으르렁 소리만 내면 걸음아 나 살려라 하고 도망치더라고. 만약 코끼리나 호랑이나 곰이 나에게 덤볐다면 내가 먼저 도망쳤을 거야. 내가 워낙 겁이 많아서. 하지만 내가 으르렁거리기만 해도 다들 도망치니까 그냥 도망치게 내버려두었던 거야."

"하지만 그건 옳지 않아. 동물의 왕이 겁쟁이면 안 되는 거잖아."

허수아비가 말했다.

"나도 알아."

사자가 꼬리로 눈가에 맺힌 눈물을 닦으며 대답했다.

"나도 내가 겁쟁이라서 너무나 슬퍼. 그것 때문에 내 인생은 정말 불행하고. 그리고 위험한 상황이 닥칠 때마다 심장이 쿵쾅거려서 미치겠어."

"아무래도 심장에 병이 있나 보구나."

양철 나무꾼이 말했다.

"그럴지도 몰라."

사자가 대답했다.

"만약 그런 거라면 기뻐해야지."

양철 나무꾼이 말했다.

"심장에 병에 있다는 건 어쨌거나 심장이 있다는 증거니까. 나는 심장이 없어서 심장에 병이 생길 일도 없어."

"그럴 수도 있겠네."

사자가 곰곰이 생각하다 말했다.

"하지만 심장이 없으면 나처럼 겁쟁이가 될 일도 없는 거잖아."

"혹시 네 머릿속에는 뇌가 있어?"

허수아비가 물었다.

"아마도. 직접 본 적은 없지만."

사자가 대답했다.

"나는 오즈의 마법사를 찾아가서 뇌를 만들어달라고 부탁할 거야. 내 머릿속에는 지푸라기만 가득 차 있거든."

허수아비가 말했다.

"난 심장을 달라고 부탁할 거야."

양철 나무꾼이 말했다.

"나는 토토와 함께 캔자스로 돌아가게 해달라고 부탁할 거야."

도로시가 덧붙였다.

"그렇다면 오즈의 마법사가 나에게 용기를 줄 수도 있을까?"

겁쟁이 사자가 조심스럽게 물었다.

"나에게 뇌를 주는 것만큼 간단한 일 같은데."

허수아비가 말했다.

"혹은 내게 심장을 주는 것처럼."

양철 나무꾼이 거들었다.

"혹은 나를 캔자스로 돌아가게 해주는 것처럼."

도로시도 한마디 보탰다.

"만약 그럴 수만 있다면 나도 너희랑 함께 가고 싶어. 아주 작은 용기도 없다면 사자로 살아가기가 힘들 테니까 말이야."

"같이 간다면 우리야 환영이지. 너랑 같이 다니면 다른 무서운 동물들이 감히 얼씬도 못 할 테니까. 네가 으르렁대기만 해도 도망친다는 걸 보면, 다른 동물들은 너보다 훨씬 더 겁쟁이일 거야."

"그야 그렇지만, 그렇다고 해서 내가 용감해지는 것은 아니잖아. 나 자신이 겁쟁이라는 것을 아는 한 나는 영원히 불행할 거야."

그렇게 도로시 일행은 다시 길을 나섰다. 이번에는 사자가 도로시 옆에 딱 붙어 당당하게 걸음을 옮겼다. 토토는 새로 합류한 사자를 못마땅하게 생각했다. 사자의 거대한 이빨에 물릴 뻔한 기억이 생생해서였다. 하지만 시간이 흐르자 점차 토토의 경계심이 느슨해졌고 얼마 지나지 않아 토토와 겁쟁이 사자는 좋은 친구가 되었다.

그 후로는 별다른 사건 없이 평화로운 여정이 계속되었다. 한 번인가 양철 나무꾼이 길 위를 기어가던 딱정벌레를 밟아 죽이는 사건이 있기는 했다. 그 일이 있고 나서 양철 나무꾼은 너무 속상해했다. 그는 아무리 작은 생물이라도 절대 해치지 않으려고 항상 조심했기 때문이다. 양철 나무꾼은 속상한 마음에 눈물을 뚝뚝 흘렸고, 그 눈물이 뺨을 타고 턱으로 흘러 곧바로 시뻘겋게 녹이

슬고 말았다. 도로시가 양철 나무꾼에게 뭔가를 물어보았는데 양철 나무꾼은 턱 주변이 완전히 녹이 슬어 입도 뻥긋하지 못하고 있었다. 놀란 양철 나무꾼이 도와달라고 온몸으로 신호를 보냈지만 도로시는 무슨 뜻인지 알아들을 수가 없었다. 사자도 어떻게 해야 할지 몰라 당황했다. 그런데 허수아비가 바구니 속에 있던 기름통을 꺼내 양철 나무꾼의 턱 주변에 칠해주었고, 얼마 후 나무꾼은 전처럼 입을 벌려 말을 할 수 있게 되었다.

"이번 일로 교훈을 또 하나 얻었어. 앞으로는 발밑을 잘 살피면서 걸어야 한다는 걸 말이야. 만약 다른 벌레나 딱정벌레를 또 밟아 죽이면 또 울게 될 테고, 그럼 눈물 때문에 턱이 녹슬어서 말을 하지 못할 테니까."

그때부터 양철 나무꾼은 바닥을 살피며 조심스럽게 걷기 시작했고, 작은 개미가 기어가는 모습이 눈에 보이면 개미가 다치지 않도록 조심스럽게 그 부분을 피해 넘어갔다. 양철 나무꾼은 자신에게 심장이 없다는 사실을 잘 알고 있었기 때문에 되도록 잔인하거나 불친절한 행동을 하지 않으려고 노력했다.

"너희들은 심장을 가지고 있기 때문에 양심에 따라 행동하면 나쁜 짓을 하지 않게 되겠지만 나는 심장이 없어서 매사에 조심해야 해. 만약 오즈의 마법사님이 나에게 심장을 준다면 나도 이렇게까지 신경 쓰지 않아도 될 거야."

7
위대한 오즈를 찾아가는 여행

그날 저녁, 도로시 일행은 근처에서 집을 찾지 못해 숲속의 커다란 나무 밑에서 하룻밤을 보내기로 했다. 다행히 나뭇잎이 무성해 이슬을 맞지 않을 수 있었다. 양철 나무꾼이 도끼로 장작을 패서 나무를 높이 쌓자 도로시가 모닥불을 피웠다. 따뜻한 모닥불의 온기는 도로시의 몸과 쓸쓸한 마음을 다정히 감싸주었다. 도로시는 마지막 남은 빵을 먹었다. 그런데 당장 내일 아침은 어떻게 해결해야 할지 알 수가 없었다.

"네가 원한다면 숲속에 가서 사슴을 잡아다 줄게. 그걸 모닥불에 구워 먹으면 되잖아. 인간들은 워낙 식성이 독특해서 구운 음식을 더 좋아하니까. 그럼 사슴 고기로 아침 식사를 근사하게 즐길 수 있을 거야."

사자가 말했다.

"제발 그러지 마!"

양철 나무꾼이 애원하다시피 말했다.

"네가 가여운 사슴을 죽이면 나는 또다시 눈물을 흘릴 테고, 그러면 다시 턱이 녹슬 거야."

그래도 사자는 아랑곳하지 않고 숲으로 들어가 저녁 사냥감을 찾아냈다. 물론 아무 말도 하지 않았기 때문에 무엇을 먹었는지는 아무도 알 수 없었다. 허수아비는 견과류 열매가 잔뜩 열린 나무를 찾아 도로시의 바구니를 가득 채웠다. 한참 동안 끼니를 걱정하지 않아도 될 정도였다. 도로시는 허수아비가 정말 다정하고 마음 씀씀이가 깊다고 생각했다. 하지만 견과류 열매를 주워 담는

모습이 어찌나 어설픈지 웃음을 터뜨리지 않을 수 없었다. 허수아비의 손이 워낙 두툼하고 둔해서 바구니에 담는 것보다 바닥에 떨어뜨리는 것이 훨씬 많았다. 하지만 허수아비는 열매를 줍는 데 오랜 시간이 걸려도 별로 신경 쓰지 않았다. 오히려 견과류 열매를 줍는 동안 모닥불에서 멀리 떨어질 수 있어서 다행이었다. 혹여 모닥불 불꽃이 지푸라기에 튀어 온몸이 불타버리지는 않을까 걱정되었기 때문이다. 그래서 허수아비는 되도록 불에서 멀찌감치 떨어져 있다가 도로시가 잠자리에 들기 위해 누웠을 때만 가까이 다가가 마른 잎사귀를 덮어주었다. 덕분에 도로시는 폭신한 잎사귀를 이불 삼아 잠이 들었고 아침까지 따뜻하게 숙면을 취할 수 있었다.

다음 날 아침, 도로시는 해가 뜨자 냇가로 가서 세수를 하고 곧바로 일행과 함께 에메랄드 시티로 출발했다. 그런데 바로 이날 여행자들에게 온갖 일이 한꺼번에 일어났다. 대략 한 시간쯤 걸었을까, 일행 앞에 도로를 가로지르는 수로 하나가 나타났다. 양쪽 끝에는 끝이 보이지 않을 정도로 울창한 숲이 있었다. 수로의 폭이 굉장히 넓고 가장자리로 가서 살펴보니 수심도 꽤나 깊어 보였다. 물 밑에는 톱니처럼 뾰족하고 커다란 돌들이 잔뜩 도사리고 있고, 가장자리 벽도 워낙 가팔라 벽을 타고

기어 내려갈 수도 없었다. 도로시 일행은 여기서 여정을
포기해야 하는 게 아닌가 하는 생각이 들었다.

"어떡하지?"

낙담한 도로시가 말했다.

"어찌해야 할지 전혀 모르겠는데."

양철 나무꾼이 말했다. 사자는 덥수룩하게 자란 갈기
를 흔들면서 깊은 생각에 잠겨 있었다. 그때 허수아비가
말했다.

"우리가 하늘로 날아가지는 못하겠지, 그건 확실해.
그렇다고 물 아래로 기어 내려갈 수도 없고. 그러니까 이
곳을 뛰어넘지 못한다면 여기서 포기하는 수밖에 없어."

"내가 뛰어넘을 수 있을 것도 같은데?"

겁쟁이 사자가 한참 동안 수로의 너비를 가늠해보더
니 말했다.

"그럼 한 명씩 사자 등에 타고 건너면 되겠다."

허수아비가 받아쳤다.

"그래, 까짓것 한번 해보자. 그럼 누구부터 갈래?"

사자가 물었다.

"내가 먼저 갈게. 만약 네가 수로를 넘지 못하면 도로
시는 죽고 말 거야. 양철 나무꾼은 바위에 부딪혀 완전
히 구겨질 테고. 하지만 난 등에 탔다가 떨어지더라도

다치지 않을 테니까 괜찮아."

허수아비가 말했다.

"나도 물에 빠질까 봐 겁나 죽겠어.
하지만 지금 상황에서는 한번 시도해보는
수밖에 없겠지. 얼른 내 등에 올라타. 어쨌든 하는 데까
지는 해봐야지."

겁쟁이 사자가 말했다.

몸집이 커다란 사자는 허수아비가 등에 올라타자 수
로 구석으로 가서 온몸을 웅크렸다. 그때 허수아비가 말
했다.

"그러지 말고 멀리서 뛰어오다 점프하는 게 어때?"

"그건 우리 사자들이 점프하는 방식이 아니잖아."

말을 마친 겁쟁이 사자는 있는 힘껏 하늘로 뛰어올랐
다가 수로 건너편에 안전하게 착지했다. 사자가 쉽게 수
로를 건너는 모습을 본 일행은 크게 기뻐했다. 허수아비
가 사자의 등에서 내리자 사자는 다시 폴짝 뛰어 수로를
넘어왔다. 다음 차례인 도로시는 토토를 품에 안고 사자
의 등에 올라타서는 갈기를 힘껏 붙잡았다. 곧이어 하늘

을 나는 기분이 들더니 미처 다른 생각을 할 새도 없이 수로 반대편에 무사히 도착했다. 사자는 세 번째 점프를 해서 양철 나무꾼도 태우고 왔다.

일행은 수로 건너편에 앉아 잠시 사자가 쉴 시간을 주기로 했다. 세 번이나 수로를 뛰어넘은 탓인지 마치 오래달리기를 마친 커다란 개처럼 헉헉대며 가쁜 숨을 몰아쉬었기 때문이다.

수로 건너편의 숲은 나무가 빽빽이 자라 어둡고 음침해 보였다. 사자가 어느 정도 숨을 돌리자 일행은 다시 노란 벽돌 길을 따라 걷기 시작했다. 모두가 언제쯤 이 길고 긴 숲길에서 벗어나 밝은 햇살을 볼 수 있을까 하고 생각에 잠겼다. 그렇게 다들 불안한 마음으로 걸음을 옮기고 있는데 갑자기 숲속 깊은 곳에서 이상한 소리가 들리며 일행을 더욱 불안하게 만들었다. 사자는 여기가 칼리다가 사는 곳이라고 속삭이듯 말했다.

"칼리다가 뭔데?"

도로시가 물었다.

"몸통은 곰처럼 생기고 머리는 호랑이 같은 괴물 짐승이야. 발톱이 얼마나 날카로운지 내 몸통을 두 갈래로 찢어버릴 수 있을 정도지. 내가 토토를 반 토막 낼 수 있는 것처럼 말이야. 나는 칼리다가 정말로 무서워."

86

"그렇다면 네가 겁낼 만하겠다. 정말로 무시무시한 짐 승인가 봐."

도로시가 말했다.

그런데 사자가 뭐라고 대답하려는 찰나 눈앞에 또다 시 커다란 수로가 나타났다. 이번에는 척 보기에도 폭이 너무 넓고 깊어 보여 사자가 뛰어넘기에는 불가능할 것 같았다. 도로시 일행은 바닥에 주저앉아 어떻게 이 난관 을 극복해야 할지 고민에 빠졌다. 그때 생각에 잠겨 있 던 허수아비가 말했다.

"수로 근처에 커다란 나무가 있잖아. 양철 나무꾼이 그 나무를 쓰러뜨려 수로 건너편에 닿게 하면 우리가 그 위로 걸어갈 수 있을 거야."

"정말 멋진 생각이다. 누가 들으면 네 머릿속에 지푸 라기 대신 뇌가 들어 있는 줄 알겠어."

사자가 말했다.

양철 나무꾼은 곧바로 작업을 시작했다. 도끼가 어찌 나 날카로운지 금세 나무가 부러지기 직전까지 찍혔다. 그러자 사자가 커다란 앞발로 나무를 힘껏 밀었고, 커다 란 나무 둥치가 천천히 기울더니 쿵 소리를 내며 수로 위 로 쓰러져 반대편까지 닿았다.

도로시 일행은 쓰러진 나무를 밟고 수로를 건너기 시

작했다. 그때 뒤에서 으르렁대는 사나운 소리가 들렸다. 고개를 돌려보니 몸통은 곰 같고 머리는 호랑이처럼 생긴 커다란 짐승들이 달려오는 모습이 보였다. 일행은 모두 겁에 질렸다.

"칼리다야!"

겁쟁이 사자가 벌벌 떨며 소리쳤다.

"서둘러! 얼른 건너야 해!"

허수아비가 외쳤다.

도로시는 토토를 품에 안고 나무 위를 달렸다. 양철 나무꾼이 그 뒤를 따랐고 허수아비가 다음 차례였다. 하지만 사자는 누가 봐도 겁에 질린 표정인데도 불구하고 칼리다들과 맞섰다. 사자가 어찌나 큰 소리로 으르렁댔는지 도로시는 깜짝 놀라 비명을 질렀고 허수아비는 뒤로 나자빠졌다. 사나운 칼리다들도 사자의 기세에 놀라 잠시 자리에 멈추고는 놀란 표정으로 바라보았다.

하지만 칼리다들은 자신들이 사자보다 덩치가 크고, 사자는 혼자지만 자신들은 둘이라는 사실을 깨닫고는 다시 맹렬히 달려들었다. 사자는 재빨리 나무다리를 건넌 후 칼리다들의 모습을 살폈다. 그 맹수들은 머뭇거리는 기색조차 없이 다리를 건너기 시작했다.

"우린 이제 끝났다. 놈들이 날카로운 발톱으로 우리를

갈기갈기 찢어버리고 말 거야. 일단 내 등 뒤에 숨어 있어. 내 목숨이 붙어 있는 한 끝까지 맞서 싸워볼 테니까."

"잠깐만!"

칼리다를 해치울 방법을 궁리하던 허수아비가 외쳤다. 그는 양철 나무꾼에게 수로에 걸친 나무다리를 자르라고 말했다. 그러자 양철 나무꾼은 곧바로 도끼를 들고 다리를 자르기 시작했고, 칼리다들이 거의 다리를 건너기 직전에 나무가 두 동강이 나면서 수로로 풍덩 빠졌

다. 결국 흉악한 맹수들은 으르렁대며 물살에 휩쓸려 내려가다 수로 바닥의 날카로운 바위에 부딪혀 산산조각이 나고 말았다.

"휴우,"

겁쟁이 사자가 긴 안도의 한숨을 내쉬며 말했다.

"목숨을 조금 더 부지할 수 있게 됐네. 이렇게 살아 있어서 정말 다행이야. 죽는다는 건 정말 끔찍한 일이니까. 저놈들 때문에 어찌나 놀랐는지 아직도 가슴이 쿵쾅거려."

"아, 나도 쿵쾅거릴 심장이 있었으면 좋겠다."

양철 나무꾼이 슬픈 목소리로 말했다.

죽을 위기를 넘긴 도로시 일행은 한시라도 빨리 이 숲에서 벗어나기 위해 모두가 최대한 빨리 걸음을 옮겼다. 그러나 도로시는 이내 기진맥진해져 사자의 등에 올라타야만 했고, 다행히 걸음을 옮길수록 나무들이 점점 듬성듬성해졌다.

그렇게 오후 무렵이 되자 물살이 거세고 넓은 강이 나타났다. 강 건너편으로는 노란 벽돌 길이 나 있고 아름다운 평야 곳곳에는 원색의 꽃들이 가득 피어 있었으며, 노란 벽돌 길 양쪽으로 탐스러운 과일들이 주렁주렁 매

달린 나무들이 줄지어 서 있었다. 도로시 일행은 멋들어진 풍경을 보며 감탄을 내뱉었다.

"그런데 어떻게 강을 건너지?"

도로시가 말했다.

"별로 어렵지 않을 것 같아. 양철 나무꾼이 뗏목을 만들면 그걸 타고 건너가면 되잖아."

허수아비가 말했다.

그러자 양철 나무꾼은 조그만 나무를 베어 뗏목을 만들기 시작했다. 그사이 허수아비는 강둑으로 가서 과일이 잔뜩 달린 나무를 찾아냈다. 종일 견과류로 허기를 달랜 도로시는 과일을 보자 매우 기뻐하면서 푸짐하게 배를 채웠다.

하지만 뗏목을 만드는 데는 오랜 시간이 걸렸다. 양철 나무꾼이 지친 기색 없이 계속 쉬지 않고 일을 해도 좀처럼 끝나지 않았다. 그사이 어둑한 밤이 찾아왔다. 결국 도로시 일행은 나무 둥치 밑에 잠자리를 마련하고 아침이 올 때까지 잠을 청하기로 했다. 그 밤, 도로시는 에메랄드 시티에 도착해 위대한 오즈의 마법사가 자신을 캔자스의 집으로 돌려보내주는 꿈을 꾸었다.

8
죽음의 양귀비 들판

　다음 날 아침, 우리의 단출한 여행자들은 산뜻한 기분으로 희망찬 하루를 시작했다. 도로시는 강가 나무에 열린 복숭아와 자두로 공주님처럼 아침 식사를 마쳤다. 일행의 등 뒤에는 온갖 역경을 헤치고 무사히 빠져나온 어두컴컴한 숲이 도사리고 있고, 눈앞에는 얼른 에메랄드 시티로 오라고 손짓하듯 아름답고 화사한 들판이 펼쳐져 있었다. 물론 그 아름다운 육지와 일행 사이에 거대한 강이 있었지만, 뗏목도 거의 완성 단계였다.
　양철 나무꾼이 통나무 몇 개를 더 베서 나무못으로 연결하고 나니 드디어 출발 준비가 끝났다. 도로시는 토토를 품에 안고 뗏목 한가운데 자리를 잡고 앉았다. 겁쟁이 사자가 뗏목에 오르자 워낙 무거워서인지 뗏목이 좌우로 기우뚱거렸다. 다행히 허수아비와 양철 나무꾼이 양쪽 끝을 단단히 붙잡고 버텨주었다. 마침내 일행은 저마다 긴 장대를 손에 들고 뗏목을 밀어 강 쪽으로 나아갔다.

처음에는 별일 없이 순항하는 것 같았다. 그런데 강 한가운데에 이르자 물살이 심하게 굽이치면서 뗏목이 노란 벽돌 길에서 점점 멀어지며 강 하류로 밀려 내려갔다. 강물이 워낙 깊어 장대로 바닥을 지탱할 수도 없는 노릇이었다.

"정말 큰일이네. 강을 건너지 못하고 이대로 떠내려가면 사악한 서쪽 마녀의 나라로 가게 될 텐데. 그랬다가는 서쪽 마녀의 마법에 걸려 노예가 되고 말 거야."

양철 나무꾼이 말했다.

"그럼 나는 뇌를 가질 수 없겠구나."

허수아비가 말했다.

"그럼 나는 용기를 얻지 못하겠네."

겁쟁이 사자가 말했다.

"그럼 나는 심장을 가질 수 없을 거야."

양철 나무꾼이 말했다.

"그럼 나는 영원히 캔자스로 돌아갈 수 없게 돼."

도로시가 말했다.

"무슨 수를 써서라도 에메랄드 시티까지 가야 해!"

허수아비가 이렇게 말하고는 손에 쥐고 있던 장대로
바닥을 힘껏 밀었다. 그런데 순간 장대가 강바닥의 진흙
에 박혀 꼼짝하지 않았고, 물살에 뗏목이 휩쓸리는 와중
에 장대를 잡고 낑낑대던 허수아비는 결국 강 한가운데
박힌 장대에 대롱대롱 매달린 신세가 되었다.

"잘 가!"

허수아비가 일행을 향해 외쳤다. 일행은 허수아비만
두고 떠나려니 마음이 아팠다. 양철 나무꾼은 또다시 울
음을 터뜨렸지만, 턱이 녹슬지도 모른다는 생각이 번뜩
들어 곧장 도로시의 앞치마로 눈물을 닦았다. 허수아비
입장에서는 크나큰 불운이 아닐 수 없었다.

"처음 도로시를 만났을 때보다 사정이 더 안 좋아졌

군. 그냥 옥수수 밭의 장대에 매달려 있었다면 까마귀를 쫓는 척이라도 할 수 있었을 텐데. 나 같은 허수아비가 이런 강 한가운데 대롱대롱 매달려 있으니 무슨 쓸모가 있겠어! 결국 나는 영영 뇌를 얻을 수 없게 될 거야!"

도로시 일행이 탄 뗏목은 허수아비만 홀로 남겨둔 채 물살에 휩쓸려 둥둥 떠내려갔다. 바로 그때 사자가 말했다.

"이러고 가만히 있을 게 아니라 뭐라도 해봐야지! 내가 헤엄을 쳐서 뗏목을 육지 쪽으로 끌고 갈 테니까 너희들은 내 꼬리를 단단히 잡고 있어."

겁쟁이 사자가 물속으로 첨벙 뛰어들었고, 양철 나무꾼은 사자의 꼬리를 힘껏 붙잡았다. 사자는 젖 먹던 힘까지 다해 육지 쪽으로 헤엄을 쳤다. 사실 제아무리 덩치가 큰 사자라고 해도 쉬운 일이 아니었다. 하지만 뗏목은 서서히 물살을 거슬러가기 시작했다. 양철 나무꾼도 장대를 저으며 뗏목이 육지 쪽으로 향하도록 힘을 보탰다.

마침내 뗏목이 강 건너편에 도착했다. 도로시 일행은 기진맥진한 몸으로 푸른 잔디 위로 올라갔다. 하지만 물살에 쓸려 점점 하류로 떠내려온 바람에 에메랄드 시티로 향하는 노란 벽돌 길을 한참 지나쳐 왔음을 깨달았다.

"이제 어떡하지?"

양철 나무꾼이 당혹해하며 말했다.

"무슨 수를 써서라도 노란 벽돌 길로 돌아가야지."

도로시가 대답했다.

"제일 좋은 방법은 노란색 길이 나올 때까지 강둑을 따라서 걸어 올라가는 거야."

잔디에 누워 따스한 햇살에 몸을 말리던 겁쟁이 사자가 말했다.

충분히 휴식을 취한 다음 도로시가 바구니를 들고 일어섰다. 일행은 강물에 휩쓸려 내려온 길을 거슬러 잔디가 수북이 자란 강둑을 따라 걷기 시작했다. 사방에 꽃이 만발하고 나무마다 과일이 탐스럽게 열려 있고 따스한 햇살이 비추는 풍경을 보자 다시 기운이 솟았다. 만약 가엾은 허수아비 때문에 마음만 아프지 않았다면 모두가 진심으로 행복했을 것이다. 일행은 있는 힘을 다해 걸음을 재촉했다. 딱 한 번 도로시가 꽃을 따기 위해 멈춘 것이 전부였다.

"저것 좀 봐!"

잠시 후 양철 나무꾼이 외쳤다. 그 말에 모두가 강 쪽으로 고개를 돌려보니 허수아비가 강 한가운데 박힌 장대에 외롭고 슬픈 표정으로 매달려 있는 모습이 보였다.

"어떻게 하면 허수아비를 구할 수 있을까?"

도로시가 말했다.

겁쟁이 사자와 양철 나무꾼은 방법을 몰라 고개를 가로저었다. 일행은 강둑에 앉아 안타까운 눈으로 허수아비를 쳐다보았다. 그때 황새 한 마리가 물가에 잠시 멈추었다가 그들에게 물었다.

"너희들은 누구고 지금 어디로 가고 있는 거야?"

"난 도로시라고 해. 그리고 이쪽은 내 친구들, 양철 나무꾼과 겁쟁이 사자. 우리는 에메랄드 시티로 가고 있어."

도로시가 대답했다.

"이쪽 길이 아닌데?"

황새는 긴 목을 비틀며 이 괴상한 조합의 일행을 빤히 쳐다보았다.

"나도 알아. 하지만 우리 친구 허수아비에게 문제가 생겨서 어떻게 구해야 할지 고민하고 있는 중이야."

"어디 있는데?"

황새가 물었다.

"저기 강 한가운데."

도로시가 대답했다.

"몸집이 크고 무겁지 않다면 내가 물어다 줄게."

황새가 말했다.

"허수아비는 하나도 안 무거워. 몸이 지푸라기로 되어 있거든. 만약 허수아비를 우리에게 데려다준다면 정말로 고마울 거야!"

도로시가 기대에 찬 목소리로 말했다.

"일단 시도는 해볼게. 하지만 너무 무거우면 강물에 빠뜨릴지도 몰라."

커다란 황새는 이렇게 말하고 하늘 위로 날아오르더니 강물 위로 휘휘 날아 허수아비가 매달려 있는 장대 쪽으로 갔다. 황새는 커다란 발톱으로 허수아비의 팔을 휙 낚아채더니 다시 공중으로 날아올라 도로시와 사자, 그리고 양철 나무꾼과 토토가 있는 강둑으로 돌아왔다. 다시 친구들을 만난 허수아비는 너무 기쁜 나머지 친구들을 하나씩 얼싸안았다. 일행이 다시 길을 따라 걷기 시작했을 때도 걸음을 옮길 때마다 신이 나서 '룰루랄라!' 노래까지 불렀다.

"영원히 강 한가운데서 살게 되는 줄 알고 얼마나 무서웠다고! 그런데 친절한 황새가 나를 구해주었네. 나중에 뇌가 생기면 꼭 황새를 찾아서 이 은혜에 보답할 거야."

허수아비가 말했다.

"괜찮아."

일행 근처를 날고 있던 황새가 말했다.

"나는 힘든 일을 겪는 사람들을 도와주는 게 좋아. 이제 그만 가봐야겠어. 우리 아가들이 둥지에서 기다리고 있거든. 꼭 에메랄드 시티에 가서 오즈님의 도움을 받게 되기를 기도할게."

"고마워."

도로시가 대답했다.

친절한 황새는 하늘로 훅 날아오르더니 이내 시야에서 사라졌다.

일행은 형형색색의 새들이 지저귀는 소리를 들으며 걸음을 옮겼다. 바닥에는 아름다운 꽃들이 화려한 융단처럼 피어 있었다. 커다란 노란색과 하얀색, 그리고 파란색과 보라색 꽃들은 물론 바로 옆에는 진홍색 양귀비까지 거대한 군락을 이루고 활짝 피어 있었다. 양귀비꽃이 어찌나 화려한지 도로시는 보기만 해도 눈이 어지러

울 정도였다.

"정말 아름답지 않아?"

도로시가 화려한 양귀비꽃이 뿜어내는 향기를 깊숙이 들이마시며 말했다.

"그러게 말이야. 나도 뇌가 있다면 꽃을 훨씬 더 좋아할 수 있을 텐데."

허수아비가 대답했다.

"나도 심장이 있다면 꽃을 사랑할 텐데."

양철 나무꾼이 거들었다.

"난 평소에도 꽃을 좋아했어. 금방이라도 부서질 듯 연약해 보이잖아. 그런데 이렇게 화려한 꽃들이 숲에 피어 있는 건 처음 봐."

겁쟁이 사자가 말했다.

걸음을 옮길수록 진홍색 양귀비꽃이 점점 많아졌다. 다른 꽃들은 좀처럼 보이지 않았다. 얼마 지나지 않아 도로시 일행은 양귀비꽃이 가득한 넓은 들판 한가운데 서 있었다. 양귀비꽃이 잔뜩 피어 있는 곳에서 강한 향을 맡으면 잠이 들고, 잠든 사람을 양귀비꽃이 핀 곳에서 멀리 옮기지 않으면 영원히 눈을 뜨지 못한다는 것은 대부분의 사람 모두가 아는 사실이다. 하지만 도로시는 그 사실을 몰랐고, 사방에 피어 있는 화려한 진홍색 꽃에서 벗어날 수도 없었다. 도로시의 눈꺼풀이 천천히 무거워지더니 어디에 앉아 잠시 쉬며 눈을 붙여야겠다는 생각이 들었다. 다행히 양철 나무꾼이 도로시가 잠들도록 내버려두지 않았다.

"어두워지기 전에 노란 벽돌 길로 돌아가야 해."

허수아비도 그 말에 동의했다. 그래서 일행은 계속해서 걸음을 옮겼다. 하지만 도로시는 더는 버틸 수가 없었다. 아무리 참아보려고 해도 눈꺼풀이 계속 감겼고 마침내 양귀비꽃 위로 쓰러져 잠이 들고 말았다.

"어쩌면 좋지?"

양철 나무꾼이 물었다.

"이대로 내버려두었다가는 죽고 말 거야. 이 꽃냄새가 우리 모두를 죽이고 있어. 나도 겨우 눈을 뜨고 버티는 중이라니까. 토토는 벌써 잠들었잖아."

사자가 말했다. 정말 그랬다. 토토도 작은 주인 옆에 잠들어 있었다. 하지만 허수아비와 양철 나무꾼은 몸이 살로 만들어지지 않아 꽃향기를 맡아도 아무런 변화가 일어나지 않았다.

"넌 최대한 빨리 뛰어가."

허수아비가 사자에게 말했다.

"너라도 이 죽음의 꽃밭에서 살아 나가야지. 우리 둘이서 도로시를 옮길게. 만약 네가 여기서 잠들면 너무 무거워서 우리가 옮길 수 없잖아."

사자는 몸을 일으켜 최대한 빠른 속도로 달리기 시작했다. 눈 깜짝할 사이에 그의 모습이 보이지 않았다.

"우리가 손으로 가마를 만들어 도로시를 옮겨보자."

허수아비가 말했다.

둘은 토토를 들어 도로시의 무릎 위에 올리고 손을 맞잡아 가마를 만든 뒤 그 위에 잠든 소녀를 앉히고 꽃밭을 가로질러 걸었다.

허수아비와 양철 나무꾼은 걷고 또 걸었다. 하지만 사

방으로 끝없이 펼쳐진 양귀비 꽃밭은 도무지 끝이 보이지 않았다. 그렇게 굽은 강 길을 따라 걸음을 옮기던 그들은 양귀비 꽃밭에 누워 잠든 사자를 발견했다. 양귀비 꽃 향이 워낙 강해 커다란 사자도 끝내 이기지 못하고 잠든 것이었다. 다행히 양귀비 꽃밭이 끝나고 아름다운 푸른 잔디가 펼쳐진 곳은 여기서 멀지 않았다.

"우리 힘으로는 사자를 도와줄 수 없겠어."

양철 나무꾼이 애석하다는 듯 말했다.

"너무 무거워서 우리 힘으로는 무리야. 어쩔 수 없이 영원히 이곳에서 잠들어 있어야겠지. 그래도 사자는 꿈속에서라도 용기를 얻을 수 있을 거야."

"정말 안타깝다. 겁이 많은 친구이기는 해도 정말 좋은 동행이었는데. 하지만 우리도 이만 가봐야 할 것 같아."

허수아비가 말했다.

그들은 잠든 소녀를 강가의 경치 좋은 자리로 옮겼다. 양귀비 꽃밭에서 멀리 떨어져 마음껏 숨을 쉬어도 독한 양귀비 향기를 맡지 않을 만한 곳이었다. 그렇게 양철 나무꾼과 허수아비는 부드러운 풀밭에 소녀를 가만히 눕히고 신선한 바람이 그녀를 깨울 때까지 조용히 기다렸다.

9
들쥐의 여왕

"아마 여기서부터 노란 벽돌 길까지는 그렇게 멀지 않을 거야."

도로시 옆에 서 있던 허수아비가 말했다. 그런데 양철 나무꾼이 뭐라고 대답하려는 순간 으르렁거리는 소리가 들렸다. 양철 나무꾼은 목 관절을 아주 부드럽게 움직이며 고개를 돌렸다. 난생처음 보는 짐승이 풀밭 위를 재빨리 가로질러 도로시 일행 쪽으로 다가오고 있었다. 바로 덩치가 크고 노란 살쾡이였는데, 두 귀를 머리에 바짝 붙이고 입을 크게 벌린 거로 보아 무언가를 뒤쫓고 있는 모양이었다. 쩍 벌린 입 사이로 흉측한 이빨이 전부 드러나 있고 시뻘건 눈동자는 불덩이처럼 이글거렸다.

마침내 살쾡이가 더 가까이 왔을 때, 양철 나무꾼은 그놈을 피해 자기 앞으로 쏜살같이 달아나는 잿빛 들쥐를 보았다.

양철 나무꾼은 비록 심장은 없지만 저렇게 작고 무해한 짐승을 잡아먹으려는 것이 잘못된 행동이라는 것쯤은 알 수 있었다. 그래서 도끼를 냉큼 머리 위로 올렸다가 살쾡이가 지나갈 즈음에 재빨리 휘둘렀다. 놈의 몸통에서 머리가 떨어져 양철 나무꾼의 발밑으로 데구루루 구르면서 보기 좋게 두 동강이 났다.

적의 손아귀에서 벗어난 들쥐는 곧바로 걸음을 멈추고 천천히 양철 나무꾼에게 다가와 찍찍대며 말했다.

"오, 정말 고맙구나! 네가 내 목숨을 구해주었어!"

"별것도 아닌데 고맙긴. 사실 나는 심장이 없어. 그래서 친구가 필요한 이들에게는 꼭 도움을 주고 싶어. 상대가 아주 보잘것없는 들쥐라고 해도 말이야."

"보잘것없다니!"

조그만 들쥐가 화를 내며 받아쳤다.

"난 여왕이야! 모든 들쥐의 여왕이란 말이다!"

"아, 그러시군요."

양철 나무꾼이 꾸벅 절을 하며 말했다.

"그러니 나의 목숨을 구한 그대의 행동은 용기 있고 아주 훌륭했다."

그때 들쥐 몇 마리가 짧은 다리를 바지런히 움직이면서 그들을 향해 달려오더니 여왕을 보고 외쳤다.

"여왕 폐하! 변을 당하신 줄 알고 걱정했습니다. 그나저나 커다란 살쾡이를 어떻게 따돌리셨습니까?"

들쥐들은 물구나무를 서는 게 아닌가 싶을 정도로 머리를 깊숙이 숙이며 여왕 들쥐에게 말했다.

"여기 이 우스꽝스러운 양철 인간이 살쾡이를 죽이고 내 목숨을 구했노라. 그러니 앞으로 너희는 이 양철 인간의 지시를 따르고 잘 모셔야 할 것이야."

"당연히 그래야지요!"

들쥐들은 찍찍거리며 합창을 하더니 곧바로 사방으로 흩어졌다. 때마침 잠에서 깬 토토가 들쥐들을 보고 신이

나서 컹컹대며 그들 사이로 뛰어들었기 때문이다. 토토
는 캔자스에 살 때도 들쥐 쫓는 걸 좋아했던 터라 여기서
도 별문제가 없을 거라고 생각했다. 그러자 양철 나무꾼
이 토토를 품에 안으며 들쥐들을 향해 외쳤다.

"돌아와요! 제발 돌아와! 토토는 여러분을 해치지 않
을 거예요!"

그 말을 들은 들쥐 여왕이 수풀 밖으로 고개를 쑥 내
민 채 가느다란 목소리로 물었다.

"정말 그대는 저 짐승이 우리를 물지 않을 거라고 생
각하는가?"

"절대 그러지 못하게 하지요. 그러니 두려워하지 마
세요."

양철 나무꾼이 대답했다.

그러자 들쥐들이 한 마리씩 밖으로 기어 나왔고, 토
토도 양철 나무꾼의 품에서 벗어나려고 발버둥은 쳤지만
더는 컹컹대며 짖지 않았다. 만약 나무꾼의 몸이 양철이
라는 것을 몰랐다면 토토가 그를 물었을지도 모른다.

마침내 들쥐들 중에서 가장 몸집이 큰 들쥐가 말했다.

"저희 여왕 폐하의 목숨을 구해주신 보답으로 저희가
도와드릴 일이 있을까요?"

"흠, 바로 생각나는 게 없는데."

양철 나무꾼이 말했다. 그러자 언제나 생각하려고 노력하지만 머릿속에 지푸라기가 가득 차 생각하는 게 쉽지 않은 허수아비가 재빨리 말했다.

"아, 있어요! 우리 친구 사자를 구해줘요. 양귀비 꽃밭에 잠들어 있거든요

"사자라니! 우리를 한 입에 먹어 치워버리면 어쩌지?"

들쥐 여왕이 외쳤다.

"아, 그럴 일은 없어요. 그 사자는 겁쟁이거든요."

"정말인가요?"

들쥐들이 물었다.

"자기 입으로 그렇게 말했어요. 그리고 우리 친구라고 하면 절대로 해치지 않을 거예요. 만약 사자를 구해준다면 사자도 여러분에게 친절하게 대해줄 겁니다."

허수아비가 자신만만한 투로 말했다.

"좋아요. 그럼 한번 믿어보겠어요. 그런데 우리가 어떻게 도와주어야 하지?"

들쥐 여왕이 말했다.

"여왕님의 명령을 따르는 들쥐가 많겠지요?"

"오, 그렇지. 수천 마리는 족히 될 거야."

들쥐 여왕이 대답했다.

"그럼 먼저 들쥐들을 한 자리에 모아주세요. 올 때 긴

밧줄도 하나씩 가지고 오라고 하시고요."

그러자 여왕이 주변에 있는 들쥐들을 향해 몸을 돌리
더니 얼른 백성들을 이곳으로 데려오라고 명령했고, 그
말이 떨어지기 무섭게 들쥐들이 사방으로 흩어졌다.

"이제 너는 강가에 가서 나무를 베어 사자를 실어 나
를 수레를 만들어줘."

허수아비가 양철 나무꾼을 보며 말했다.

양철 나무꾼은 곧바로 숲속으로 달려가 나무를 베기
시작했다. 그리고 잔가지들과 잎사귀를 쳐낸 후 커다란
기둥만 나무못으로 엮고, 큼직한 나무의 밑동으로 바퀴
네 개를 만들었다. 워낙 손이 빠르고 손재주가 좋다 보
니 들쥐들이 속속 도착할 무렵쯤 되자 사자를 나를 수레
가 완성되었다.

사방에서 모여든 들쥐는 수천 마리에 달했다. 그리고
덩치가 큰 쥐부터 작은 쥐, 중간 크기의 쥐까지 너 나 할
것 없이 입에 밧줄을 하나씩 물고 있었다. 그때 도로시
가 긴 잠에서 깨어나 눈을 떴다. 도로시는 수천 마리의
쥐가 겁먹은 표정으로 자신을 쳐다보는 가운데 풀밭 위
에 누워 있다는 사실을 깨닫고 깜짝 놀랐다. 허수아비가
도로시에게 그동안 벌어진 이야기를 들려주고는 위엄 있
게 버티고 서 있는 들쥐 여왕을 향해 말했다.

"폐하, 제 친구를 여왕님께 소개할 수 있도록 허락해 주십시오."

도로시가 공손하게 고개를 숙이자 들쥐 여왕도 친절하게 화답했고, 두 사람은 금세 가까운 사이가 되었다.

허수아비와 양철 나무꾼은 들쥐들이 가져온 밧줄을 수레에 연결하기 시작했다. 밧줄 한쪽은 들쥐의 목에 걸고 다른 쪽은 수레에 친친 감았다. 물론 수레가 들쥐보다 수천 배는 컸지만, 들쥐들이 힘을 합쳐 수레를 끈다면 충분히 움직일 수 있을 것 같았다. 그리고 실제로 허수아비와 양철 나무꾼이 수레에 올라탔는데도 들쥐들은 말처럼

수레를 끌고 사자가 잠든 곳으로 너끈히 다가갔다.

사자의 몸이 워낙 무거워 처음에는 조금 고생했지만 그들은 사자를 수레 위에 올리는 데 성공했다. 들쥐 여왕은 서둘러 수레를 끌라고 명령했다. 양귀비 꽃밭에서

시간을 지체하다가는 들쥐들마저 잠이 들까 봐 걱정되었기 때문이다.

들쥐의 숫자가 수천에 달했지만, 처음에는 사자를 실은 수레를 움직이지 못해 애를 먹었다. 하지만 양철 나무꾼과 허수아비가 뒤에서 밀자 수레를 끌기가 한결 쉬워졌다. 곧이어 바퀴가 움직이기 시작했고, 겁쟁이 사자를 양귀비 꽃밭에서 들판으로 구출하는 데 성공했다. 드디어 겁쟁이 사자가 독한 양귀비꽃 향 대신 달콤하고 신선한 공기를 마실 수 있게 된 것이다.

도로시는 한걸음에 달려와 조그만 들쥐들에게 친구의 목숨을 구해줘서 고맙다는 인사를 건넸다. 그동안 겁쟁이 사자와 함께 지내며 정이 많이 들었기 때문에 사자가 무사히 돌아온 것이 무척 기뻤다. 그제야 들쥐들은 수레와 연결된 밧줄을 풀고 수풀을 지나 각자의 집으로 사라졌다.

"언제든 우리 도움이 필요하면 들판으로 와서 부르면 된단다. 그럼 우리가 와서 도와주마. 잘 가렴!"

마지막까지 자리를 지키던 들쥐 여왕이 말했다.

"안녕히 가세요!"

도로시 일행이 입을 모아 인사했다. 도로시는 들쥐 여

왕이 재빨리 뛰어가는 동안 토토가 그 뒤를 쫓아가 놀라게 하지 않도록 꼭 붙잡고 있었다. 도로시 일행은 겁쟁이 사자 옆에 앉아서 사자가 정신을 차릴 때까지 조용히 기다렸다. 그러는 사이 허수아비는 근처 나무로 가서 과일을 따다 도로시에게 건넸고, 도로시는 과일로 저녁을 대신했다.

10
문지기

겁쟁이 사자는 꽤 오랜 시간이 지나서야 다시 정신을 차렸다. 워낙 오랫동안 독한 양귀비꽃 향을 맡았기 때문이다. 이윽고 사자는 눈을 뜨자마자 수레에서 몸을 굴려 일어서면서 자신이 무사히 살아 있다는 사실을 무척 기뻐했다.

"죽어라 달려갔지만 양귀비꽃 향이 워낙 강해서 도저히 안 되겠더라고. 그런데 나를 어떻게 데리고 온 거야?"

사자가 말했다.

친구들은 고맙게도 사자의 목숨을 구하는 데 들쥐들이 도움을 주었다며 그간의 이야기를 들려주었다. 그러자 겁쟁이 사자가 웃으며 말했다.

"지금까지는 내가 엄청나게 크고 힘이 세다고 생각했어. 그런데 저렇게 조그만 꽃들 때문에 죽을 뻔했고, 들쥐처럼 작은 동물들이 내 목숨을 구해주었단 말이지? 정말 신기한 일이야! 그런데 친구들, 이제 우리는 어떻게 해야 돼?"

"노란 벽돌 길을 찾을 때까지 여행을 계속해야지. 그리고 에메랄드 시티로 가는 거야!"

도로시가 말했다.

사자가 완전히 기운을 차리고 회복되자 도로시 일행은 다시 여정을 시작했다. 부드럽고 싱그러운 풀밭을 따라 걷는 길은 너무도 즐거웠고, 얼마 지나지 않아 위대한 오즈의 마법사가 살고 있는 에메랄드 시티로 향하는 노란 벽돌 길이 나타났다.

여기서부터는 노란 벽돌 길이 걷기 좋게 포장되어 있고 주변의 경치도 아름다웠다. 일행은 온갖 위험이 도사리고 있던 어둡고 그늘진 숲에서 벗어난 것이 더할 나위 없이 기뻤다. 또다시 길가에 울타리를 친 곳이 나타났지만 이번에는 초록색으로 칠해져 있고, 곧이어 농부가 살고 있는 것으로 보이는 작은 초록색 집도 보였다. 오후에만 이런 집을 몇 채나 지나쳐왔다. 가끔 사람들이 문 앞까지 나와 뭔가 질문을 던질 것처럼 쳐다보곤 했지만,

커다란 사자를 보고 겁에 질린 탓인지 실제로 다가오거나 말을 건네는 사람은 없었다. 여기 사는 사람들은 전부 에메랄드처럼 초록색 옷을 입고 먼치킨처럼 뾰족한 모자를 쓰고 있었다.

"여기는 오즈의 나라가 분명해. 이제 에메랄드 시티에 거의 다 온 것 같아."

도로시가 말했다.

"맞아. 주위의 모든 것이 초록색이잖아. 먼치킨이 사는 나라는 전부 파란색이었는데 말이야. 하지만 먼치킨처럼 친절해 보이지는 않아. 이러다 오늘 밤을 보낼 곳을 찾지 못하면 어쩌지?"

허수아비가 말했다.

"이제 과일 말고 다른 걸 먹고 싶어. 우리 토토도 굶어죽기 직전이고. 다음에 보이는 집으로 가서

말을 걸어보자."

얼마쯤 가자 농가로 보이는 큼지막한 집이 나왔다. 도로시는 씩씩하게 현관으로 걸어가 노크를 했다. 한 여자가 밖이 겨우 보일 만큼 살짝 문을 열고 말했다.

"아가, 무슨 일이니? 왜 사자랑 같이 다니는 거야?"

"허락해주신다면 여기서 하룻밤을 묵어가고 싶어요. 저 사자는 제 친구이자 동행이에요. 절대로 아주머니를 해치지 않을 거예요."

도로시가 말했다.

"사납지 않은가 보지?"

여자가 문을 조금 더 열며 물었다.

"네, 물론이죠. 워낙 겁이 많아서 아주머니가 사자를 겁내는 것보다 훨씬 더 무서워하고 있을 거예요."

"흠……."

부인은 뭔가를 생각하면서 사자를 다시 한 번 살피고는 말을 이었다.

"그 말이 사실이라면 들어오렴. 저녁 식사와 잠자리를 마련해줄 테니까."

집 안에는 아주머니 말고도 두 명의 아이와 남자 어른이 함께 있었다. 남자는 다리를 다쳤는지 구석 자리의 소파에 누워 있었다. 도로시 일행의 희한한 조합을 본 식구들은 꽤나 놀란 눈치였다. 아주머니가 저녁 식사를 차리느라 바삐 움직이는 사이 남자가 물었다.

"너희들은 어디로 가는 길이니?"

"에메랄드 시티로 가는 길이에요. 위대한 오즈의 마법사님을 만나러 가요."

도로시가 말했다.

"오, 그래? 오즈님께서 너희를 만나주실까?"

남자가 깜짝 놀라며 물었다.

"만나지 않을 이유가 있나요?"

도로시가 되물었다.

"오즈의 마법사님은 지금까지 한 번도 누구를 만난 적이 없거든. 나도 에메랄드 시티에 몇 번 가봤는데, 정말로 근사하고 아름다운 곳이지만 위대한 오즈님을 만났다는 사람은 보지 못했단다. 살아 있는 사람 중에는 그를 만나봤다는 사람은 한 명도 없어."

"집 밖으로 안 나오시나 보죠?"

허수아비가 물었다.

"절대로. 궁전 안에 있는 거대한 알현실에서 칩거하

신다고 들었어. 시종들도 그분의 모습을 뵌 적이 없다고
하더구나."

"어떤 분이신대요?"

도로시가 물었다.

"뭐라고 설명해야 할지 모르겠구나. 오즈님은 위대한 마법사이시고 마음대로 모습을 바꿀 수 있어. 그래서 어떤 사람은 새처럼 생겼다고 하고 또 어떤 사람은 코끼리처럼 생겼다고 하더라고. 다른 날은 고양이로 보였다가 또 어떤 사람의 눈에는 아름다운 요정이나 꼬마 요정 브라우니의 모습으로 나타나기도 한다는 거야. 하지만 어떤 사람도 오즈님의 원래 모습은 몰라."

"정말 이상한 일이네요. 그래도 우리는 그분을 꼭 만나야 해요. 그러지 못하면 지금까지 여행하며 고생한 보람이 없을 테니까요."

도로시가 말했다.

"무슨 이유로 어마어마한 오즈님을 뵈려는 거야?"

남자가 물었다.

"저는 오즈님에게 뇌를 달라고 부탁할 거예요."

허수아비가 진심어린 어조로 말했다.

"아, 오즈님이라면 그 정도는 충분히 해주실 수 있을 거야. 보통 사람보다 더 많은 뇌를 가지고 계시니까."

"저는 심장을 달라고 부탁할 거예요."

양철 나무꾼이 말했다.

"그분 정도면 쉽게 만들어주실 거야. 오즈님은 모양과 크기가 다른 온갖 심장을 가지고 계시니까."

남자가 말을 이었다.

"저는 용기를 달라고 부탁할 거예요."

겁쟁이 사자가 말했다.

"오즈님을 알현하러 가면 그 방에 커다란 항아리가 있단다. 그 속에 용기가 가득 담겨 있는데, 워낙 많아서 자칫 흘러내릴까 봐 황금 덮개로 덮어두셨지. 조금 나누어준다고 해도 개의치 않으실 거야."

"저는 캔자스로 돌아가게 해달라고 부탁할 거예요."

도로시가 말했다.

"캔자스가 어디 있는 곳인데?"

남자가 의아하다는 듯 물었다.

"저도 몰라요."

도로시가 슬픈 목소리로 대답했다.

"하지만 그곳이 제 집인걸요. 틀림없이 어딘가에 있을 거예요."

"그렇겠지. 어쨌든 오즈님은 뭐든 할 수 있는 분이니까 너를 캔자스로 돌려보내 주실 게다. 그러려면 일단 마법사님을 만나야 할 텐데, 그게 여간 어려운 일이 아니야. 오즈님은 평소에도 사람 만나는 걸 꺼려하시니까. 그분이 생활하는 방식 자체가 그래. 그런데 너는 원하는 게 뭐니?"

남자가 토토를 보며 물었다. 그러나 토토는 그저 꼬리만 살랑살랑 흔들었다. 굳이 설명하는 게 더 이상한 일이지만, 토토는 말을 할 수 없었기 때문이다.

그때 아주머니께서 저녁 준비가 다 되었다고 말했고, 모두 함께 식탁에 둘러앉았다. 도로시는 맛있는 죽과 스크램블드에그, 그리고 흰 빵 한 접시를 맛있게 먹었다. 사자도 죽을 먹었는데, 그다지 입에 맞지 않는 듯 귀리로 만든 죽은 사자가 아니라 말이 먹는 음식이라고 말했다. 허수아비와 양철 나무꾼은 아무것도 입에 대지 않았다. 토토는 차려진 음식을 골고루 조금씩 맛보았고, 맛있는 음식을 먹어 신이 난 듯했다.

아주머니는 도로시가 잘 수 있도록 침대를 내주었다. 토토는 도로시 옆에 자리를 잡았고, 사자는 도로시가 편히 잘 수 있도록 방 앞에서 보초를 섰다. 잠을 잘 수 없는 허수아비와 양철 나무꾼은 그저 방구석에 가만히 서 있었다.

다음 날 아침, 도로시 일행은 날이 밝자마자 다시 길을 나섰고, 얼마 지나지 않아 아름다운 에메랄드빛 하늘이 눈앞에 펼쳐졌다.

"저기가 분명 에메랄드 시티일 거야."

도로시가 말했다.

걸음을 옮길수록 에메랄드빛이 더욱 환해졌다. 드디어 목적지 가까이 온 것 같았다. 하지만 일행은 오후가 되어서야 도시를 둘러싸고 있는 거대한 높이의 성벽 앞에 도착할 수 있었다. 성벽은 매우 두껍고 높았으며 밝은 초록색이었다.

드디어 노란 벽돌 길이 끝나고 커다란 문이 나타났다. 성문에는 온통 에메랄드가 박혀 있었는데 햇볕을 받아 눈이 부실 정도로 반짝였다. 그 빛이 어찌나 강렬한지 천에 눈동자를 그렸을 뿐인 허수아비도 눈이 부실 정도였다.

도로시가 문 옆에 달린 종을 흔들었다. 그러자 은구슬이 짤랑거리는 소리가 울려 퍼지더니 잠시 후 커다란 문이 철커덩 열렸다. 일행은 모두 문을 지나 안으로 들어갔다. 천장이 아치 형태인 커다란 방이 있고 벽마다 에메랄드가 빽빽이 박혀 구슬처럼 반짝거렸으며, 먼치킨처럼 작은 남자가 서 있었다. 그는 머리부터 발끝까지 초록색 옷을 입었고 피부색도 초록빛이었으며, 바로 옆에는 큼지막한 초록색 상자가 놓여 있었다. 그가 도로시와 친구들을 보며 물었다.

"에메랄드 시티에는 무슨 일로 오셨습니까?"

"위대한 오즈님을 뵈러 왔어요."

도로시가 대답했다.

도로시의 대답에 깜짝 놀란 문지기는 잠시 자리에 앉아 골똘히 생각에 잠겼다.

"오즈님을 뵙겠다고 찾아온 사람이 워낙 오랜만이라서 놀랐습니다. 마법사님은 매우 강하고 무서운 분이십니다. 괜히 어리석고 한심한 부탁이나 하자고 그분의 영험한 명상의 시간을 방해하려고 들었다가는 매우 역정을 내시며 여러분을 단번에 사라지게 만들 수도 있습니다."

"하지만 저희는 어리석거나 한심한 부탁을 드리려고 온 게 아니에요."

허수아비가 말했다.

"정말 중요한 일로 찾아온 거예요. 오즈님께서 착한 마법사라는 이야기도 들었고요."

"물론입니다. 마법사님께서는 에메랄드 시티를 아주 현명하게 다스리고 계시니까요. 하지만 그저 호기심으로 그분을 만나러 온 사람들에게는 엄벌을 내리신답니다. 그래서 감히 마법사님을 뵙겠다고 청하는 사람도 많지 않고요. 저는 에메랄드 시티로 향하는 문을 지키는 사람인데, 여러분이 위대한 오즈님을 뵙겠다고 청하니 그분이 계신 궁전으로 모시겠습니다. 하지만 먼저 안경을 써야 합니다."

"왜요?"

도로시가 물었다.

"안경을 쓰지 않으면 에메랄드 시티의 눈부신 빛 때문에 시력을 잃을 수도 있거든요. 이곳에 사는 사람들도 밤낮으로 안경을 쓰고 다닙니다. 안경은 자물쇠가 달린 상자 속에 들어 있습니다. 오즈님께서 에메랄드 시티를 지을 때 그러라고 명령하셨거든요. 열쇠는 딱 하나뿐이고 제가 가지고 있습니다."

문지기가 커다란 상자를 열자 그 안에는 크기와 모양이 제각각인 안경들이 들어 있었다. 게다가 안경알은 모두 초록색이었다. 그는 도로시에게 맞을 만한 크기의 안경을 꺼내 씌워주었다. 안경다리 양쪽에 금색 띠가 달려 있어 머리 뒤로 고정시킨 후 조그만 자물쇠로 잠그는 식이었다.

그 자물쇠를 여는 열쇠는 문지기의 목에 걸려 있었다. 이제 도로시는 안경을 벗고 싶어도 마음대로 할 수 없었다. 하지만 에메랄드 시티의 눈부신 빛 때문에 시력을 잃고 싶지는 않았기 때문에 아무 말도 하지 않았다.

초록색 남자는 허수아비와 양철 나무꾼, 그리고 겁쟁이 사자와 토토에게도 안경을 씌우고 자물쇠로 단단히 고정했다. 그는 자신도 안경을 쓰더니 에메랄드 시티의 궁전으로 갈 준비가 끝났다고 말했다. 그는 벽에 박힌 못에 걸린 황금색 열쇠를 꺼내 바로 옆에 있는 문을 열었다. 그렇게 일행은 문지기를 따라 에메랄드 시티로 향하는 웅장한 문을 통과했다.

11
환상적인 에메랄드 시티

에메랄드 시티에 들어서자 초록색 안경을 썼는데도 눈이 부실 정도로 환상적이고 아찔한 빛이 반짝였다. 거리에는 초록색 대리석으로 지은 아름다운 집들이 늘어서 있고 집집마다 반짝이는 에메랄드가 박혀 있었다. 도로시 일행은 초록색 대리석으로 포장된 도로를 따라 걸었다. 대리석 사이사이에 촘촘히 박힌 초록색 에메랄드가 햇살에 반사되어 반짝거렸다. 창문에도 온통 초록색 유리가 끼워져 있고, 에메랄드 시티 위로 보이는 하늘도 초록빛으로 빛났으며, 심지어 머리 위로 쏟아지는 햇살도 초록빛이었다.

거리에는 수많은 남자, 여자, 아이들이 걸어 다녔는

데 모두 초록색 옷을 입었고 피부도 초록빛이었다. 그들은 도로시와 함께 있는 기이한 조합의 일행을 토끼 눈으로 쳐다보았다. 사자를 보고 놀란 아이들은 엄마 뒤로 몸을 숨겼다. 하지만 아무도 말을 걸지는 않았다. 거리에 늘어선 수많은 상점에 진열된 물건들도 온통 초록색이었다. 초록색 사탕과 초록색 팝콘을 팔고 있었고, 초록색 구두와 모자, 온갖 종류의 초록색 옷들도 눈에 띄었다. 어떤 곳에서는 한 남자가 초록색 레모네이드를 팔고 있었다. 도로시는 어린 아이들이 초록색 동전을 내고 레모네이드를 사 먹는 모습을 보았다.

에메랄드 시티에서는 말이나 기타 동물들은 찾아볼 수 없었다. 상인들은 저마다 작은 초록색 수레에 물건을 싣고 손으로 밀고 다녔다. 모두가 행복하고 여유롭고 풍족한 표정이었다. 문지기를 따라서 거리를 걷다 보니 마침내 도심 한가운데서 거대한 건물 하나가 나타났다. 바로 위대한 오즈의 마법사가 사는 궁전이었다. 문 앞에는 초록색 제복을 입고 기다란 초록색 구레나룻을 기른 병사가 서 있었다.

"에메랄드 시티에 처음 오신 분들이야. 오즈님을 뵙고 싶어서 찾아오셨다."

문지기가 병사를 보며 말했다.

"안으로 들어오시죠. 제가 오즈님에게 손님이 오셨다고 전하겠습니다."

병사가 말했다.

도로시 일행은 궁전 출입구를 지나 커다란 방으로 안내되었다. 초록색 양탄자가 깔린 방 안에는 에메랄드로 장식된 기품 있는 초록색 가구들이 놓여 있었다. 병사는 방에 들어가기 전에 초록색 발판에 발을 닦으라고 말했다. 이윽고 일행이 편히 자리에 앉자 병사가 말했다.

"편하게 앉아 계세요. 저는 알현실로 가서 오즈님께 손님이 오셨다고 전하겠습니다."

일행은 병사가 돌아올 때까지 한참을 기다렸다. 마침내 병사가 돌아오자 도로시가 먼저 말을 꺼냈다.

"오즈님을 뵙고 오셨나요?"

"아, 아닙니다. 직접 알현하지는 못했습니다. 하지만 가리개 너머로 오즈님에게 여러분이 오셨다고 전해드리기는 했습니다. 그렇게 원하신다면 여러분을 만나주시겠다고 합니다. 하지만 한 번에 한 분씩만 그분을 뵐 수 있습니다. 또 하루에 한 명만 오즈님을 만날 수 있습니다. 앞으로 며칠간 궁에서 지내셔야 할 테니, 긴 여행에 지친 여러분이 편히 쉴 수 있는 방으로 안내해드리겠습니다."

"고맙습니다. 오즈님은 정말 친절하시네요."

도로시가 말했다.

병사가 초록색 호루라기를 불자 곧바로 어여쁜 초록색 비단 드레스를 입은 아가씨가 방으로 들어왔다. 탐스러운 초록색 머리칼에 초록색 눈동자를 가진 아가씨가 도로시에게 인사를 하며 말했다.

"저를 따라오세요. 방으로 안내해드리겠습니다."

도로시는 다른 친구들에게 작별 인사를 한 뒤 토토를 안고 아가씨를 따라갔다. 일곱 개의 복도를 지나 계단을 세 번 오르니 궁전 앞쪽에 있는 방에 도착했다. 작지만 세상에서 가장 사랑스러운 방이 아닐 수 없었다. 폭신하고 부드러운 침대에는 초록색 비단 침대보가 깔려 있고, 그 위에는 벨벳 덮개가 씌워져 있었다. 방 한가운데에는 조그만 분수가 있었는데 초록색 향수가 하늘로 치솟았다가 아름다운 조각이 새겨진 초록색 대리석 받침대로 떨어져 내렸다. 창가에는 아름다운 초록색 꽃들이 만발하고 책장에는 초록색 책들이 가지런히 꽂혀 있었다. 도로시가 잠시 책장에서 책을 꺼내 펼쳐보니 우스꽝스러운 초록색 그림이 그려져 있었다. 도로시는 너무 재미있는 나머지 웃음을 터뜨렸다.

옷장에는 초록색 드레스가 여러 벌 걸려 있었는데 모두 비단과 공단, 벨벳으로 만든 것이었다. 하나같이 도로시의 몸에 맞춘 듯 잘 맞았다.

"부디 편히 지내세요. 언제든 필요한 것이 있으면 종을 울려주세요. 그리고 오즈님께서 내일 아침에 아가씨를 모셔갈 사람을 보내실 겁니다."

초록색 아가씨가 말했다.

초록색 아가씨는 도로시가 혼자 쉬도록 밖으로 나가 다른 일행들도 차례대로 방으로 안내했다. 그렇게 모두가 궁전에서 제일 안락한 장소에서 머물게 되었다. 물론 허수아비에게는 이러한 친절이 별로 소용없었다. 혼자 방에 남겨지자 바보처럼 곧바로 문 앞에 서서 아침까지 멀뚱히 서 있었으니 말이다. 허수아비에게는 눕는 것이 휴식이 아니었고 눈을 감을 수도 없었기 때문에 밤새도록 조그만 거미가 방구석에 거미집을 짓는 모습을 빤히 지켜보고 있었다. 양철 나무꾼은 한때 몸이 살로 되어 있었던 기억을 떠올리며 침대에 누웠지만 좀처럼 잠을 이

루지 못했다. 그래서 밤새도록 팔다리의 관절을 위아래로 움직이면서 아침이 오기만 기다렸다. 사자는 사방이 막힌 실내에 갇혀 있기보다 숲속에 쌓인 나뭇잎을 이불삼아 자는 편이 좋았지만, 이런 걸로 불평을 할 만큼 예민한 성격은 아니었다. 사자는 침대 위로 풀쩍 뛰어올라 고양이처럼 온몸을 말고 그르렁대다가 잠이 들었다.

다음 날, 아침 식사를 마치자 초록색 아가씨가 도로시를 데리러 왔다. 그녀는 화려한 초록색 자수가 놓인 가장 아름다운 공단 드레스를 손수 도로시에게 입힌 뒤 초록색 비단 앞치마를 둘렀고, 토토의 목에는 초록색 리본을 묶었다. 그런 다음 셋은 위대한 오즈를 만나기 위해 알현실로 향했다.

맨 처음 들어선 커다란 홀에는 화려한 예복을 갖춰 입은 궁정의 신사 숙녀들이 가득했다. 삼삼오오 모여 담소를 나누는 것 말고는 별다른 일이 없는데도 아침마다 알현실에 와서 기다리는 사람들이었다. 사실 그들 중 누구도 오즈를 만난 적이 없었다. 도로시가 홀 안으로 들어서자 다들 호기심이 가득 찬 눈초리로 쳐다보았다. 그때 한 사람이 도로시의 귀에 대고 조용히 속삭였다.

"정말로 무시무시한 오즈님을 직접 뵐 생각이니?"

"물론이죠. 저를 만나주시기만 하면요."

도로시가 대답했다.

"아, 당연히 만나주실 겁니다."

전날 밤 마법사에게 소녀가 찾아왔다고 전해준 병사가 말했다.

"물론 오즈님은 사람들이 뵙기를 청하는 걸 좋아하지 않으시지만 말입니다. 사실 처음 아가씨 이야기를 했을 때는 화를 내며 돌려보내라고 하셨어요. 그러고 나서 아가씨의 모습이 어떠냐고 물으시더군요. 그래서 은 구두를 신고 있다고 얘기하니까 관심을 보이시더군요. 마지막으로 아가씨 이마에 있는 표식에 대해 말씀드렸더니 일행을 전부 만나보겠노라고 하셨습니다."

그때 종이 울렸다.

"저 종소리가 신호입니다. 알현실에는 혼자만 들어가실 수 있습니다."

초록색 아가씨가 도로시에게 말하며 알현실 문을 열었다.

도로시는 씩씩하게 안으로 들어갔다. 정말 멋진 곳이었다. 크고 둥근 방은 아치형의 높은 천장과 벽으로 되어 있고 바닥에는 커다란 에메랄드가 빽빽하게 박혀 있었다. 천장 한가운데 달린 거대한 조명은 태양처럼 밝은

빛을 내뿜었고, 그 빛을 받아
서인지 에메랄드 장식들이 더욱 화려하게
빛을 발했다.

　하지만 무엇보다 도로시의 관심을 사로잡은 것은 방
한가운데 놓인 커다란 초록색 대리석 왕좌였다. 딱 봐

도 의자였는데 방 안에 있는 다른 장식처럼 온통 초록색 보석이 박혀 반짝거렸다. 그런데 의자 한가운데에는 몸통도 팔도 다리도 없이 머리통만 덩그러니 놓여 있었다. 게다가 머리카락도 없는데 눈코입이 달렸고, 크기는 거인의 머리통보다 훨씬 컸다.

도로시는 놀라움과 두려움이 뒤섞인 눈으로 그저 바라만 보고 있었다. 그때 두 개의 눈동자가 천천히 움직이며 도로시를 빤히 쳐다보더니 입 부분이 움직이면서 목소리가 들렸다.

"나는 위대하고 무시무시한 오즈다. 그대는 누구고 왜 나를 찾아왔는가?"

커다란 머리에서 나오는 목소리치고는 그리 무섭지 않아 도로시는 용기를 내어 대답했다.

"저는 순수하고 착한 도로시라고 합니다. 오즈님에게 도움을 구하고 싶어서 찾아왔어요."

두 눈동자는 도로시를 한참 응시하며 뭔가 깊은 생각에 잠겨 있다가 다시 물었다.

"그 은 구두는 어디서 얻은 것인가?"

"사악한 동쪽 마녀의 구두예요. 그 마녀가 제 집에 깔려서 죽었거든요."

도로시가 대답했다.

"그렇다면 이마의 표식은 누구로부터 얻었는가?"

목소리가 다시 물었다.

"착한 북쪽 마녀가 작별 인사로 해준 거예요. 오즈님을 만나러 가라면서 입을 맞추어주셨거든요."

도로시가 대답했다.

두 눈동자가 날카롭게 쏘아보더니 도로시의 말이 진실이라는 것을 감지한 듯 다시 물었다.

"내가 무얼 도와주길 바라는가?"

"저를 캔자스로 돌려보내주세요. 엠 아주머니와 헨리 아저씨가 계신 곳으로요."

도로시가 진심이 담긴 목소리로 말했다.

"오즈님의 나라는 무척 아름다운 곳이지만 저는 별로 마음에 들지 않아요. 그리고 제가 너무 오랫동안 집을 떠나 있어 아주머니가 무척 걱정하고 계실 것 같아요."

그러자 눈동자가 세 번 깜빡였고, 방 안 구석구석을 한 번에 훑어보듯 천장부터 바닥까지 기이하게 빙글빙글 돌아갔다. 이윽고 눈동자가 다시 도로시를 응시했다.

"내가 왜 그 부탁을 들어줘야 하지?"

오즈가 물었다.

"오즈님은 강하고 저는 약하니까요. 오즈님은 위대한 마법사이시지만, 저는 그냥 불쌍한 어린아이니까요."

도로시가 대답했다.

"하지만 사악한 동쪽 마녀를 죽일 만큼 강한 힘이 있지 않은가?"

"그건 정말 우연이었어요. 저도 어쩔 수가 없었고요."

도로시가 대답했다.

"네게는 내가 너를 캔자스로 돌려보내줄 거라고 기대할 권리가 없다. 혹 그에 대한 보답으로 나를 위해 뭔가를 해준다면 모르겠지만. 우리 에메랄드 시티에서는 무엇을 원할 경우 그에 대한 대가를 치러야 한다. 나의 마법을 이용해 집으로 돌아가고 싶다면, 먼저 나를 위해서 무언가 해야 하지. 먼저 나를 도와주면 나도 너를 도와주겠다."

"제가 무엇을 하면 되나요?"

도로시가 물었다.

"사악한 서쪽 마녀를 죽여라."

오즈가 대답했다.

"저는 못 죽여요!"

도로시가 화들짝 놀라며 외쳤다.

"너는 이미 동쪽 마녀를 죽이고 은 구두를 얻지 않았느냐. 그 구두에는 강력한 힘이 있어. 이제 이 나라에는 사악한 마녀가 하나밖에 남지 않았다. 네가 그 마녀를 죽이면 너를 캔자스로 돌려보내 주마. 그 전에는 절대로 도와줄 수 없다."

도로시는 실망감에 가득 차 훌쩍이기 시작했다. 그러자 눈동자가 다시 깜빡이더니 초조하게 도로시를 바라보았다. 위대한 오즈의 마법사는 도로시가 마음만 먹으면 자신을 도와줄 수 있을 거라고 생각하는 것 같았다.

"저는 일부러 누구를 죽여본 적이 없단 말이에요. 설사 죽이고 싶다 해도 제가 어떻게 사악한 마녀를 죽일 수 있겠어요? 위대하고 무시무시한 마법사이신 오즈님도 사악한 마녀를 죽이지 못하셨잖아요. 그런데 어떻게 저에게 그런 일을 시키시는 거예요?"

"그건 내가 알 바 아니다. 어쨌든 이것이 나의 대답이다. 사악한 마녀를 죽이기 전까지는 엠 아주머니라는 사람을 다시 볼 수 없을 것이다. 그 마녀는 지독하게 사악하다는 점을 명심해라. 그러니까 반드시 죽여야 해. 자, 이제 돌아가라. 네가 맡은 임무를 마치기 전에는 다시 나를 만나려고 찾아와서는 안 돼."

큰 슬픔에 잠겨 알현실 밖으로 나온 도로시는 사자와 허수아비, 양철 나무꾼이 기다리고 있는 곳으로 갔다. 일행은 오즈가 뭐라고 대답했는지 듣고 싶어서 기다리고 있었다.

"이제 난 희망이 없어."

도로시가 슬픔에 젖은 목소리로 말했다.

"오즈님이 사악한 서쪽 마녀를 죽이기 전에는 집으로 돌려보내 주지 않을 거래. 그런데 나는 마녀를 죽일 수가 없잖아."

친구들도 안타까웠지만 달리 도와줄 방법이 없었다. 도로시는 자기 방으로 돌아가 침대에 누워 펑펑 울다가 잠이 들었다.

다음 날 아침, 초록색 구레나룻의 병사가 허수아비를 찾아와 말했다.

"저를 따라오십시오. 오즈님께서 보고자 하십니다."

허수아비는 병사를 따라 알현실로 들어갔다. 에메랄드 왕좌에는 눈이 부실 정도로 아름다운 부인이 앉아 있었다. 초록색 비단 드레스를 입고 탐스러운 초록색 머리카락을 늘어뜨리고 머리 위에는 보석이 박힌 왕관을 쓰고 있었다. 양쪽 어깨에는 날개가 볼록 솟아 있었는데, 색이 너무도 곱고 아름다우며 가벼워서 바람이 살짝만 불어도 위아래로 살랑살랑 움직였다.

아름다운 부인을 만난 허수아비는 지푸라기로 채워진 몸통을 최대한 움직여 정중하게 절을 했다. 부인이 허수아비를 다정한 눈으로 바라보며 말했다.

"나는 위대하고 무시무시한 오즈의 마법사다. 그대는 누구고 왜 나를 찾아왔는가?"

도로시가 말한 커다란 머리를 만날 줄 알았던 허수아비는 깜짝 놀랐지만 용기를 내어 대답했다.

"저는 지푸라기로 만든 평범한 허수아비입니다. 그래서 뇌가 없습니다. 제 머릿속에 지푸라기 대신 뇌를 주십사 부탁드리려고 찾아왔습니다. 저도 에메랄드 시티의 다른 사람들처럼 되고 싶습니다."

"내가 왜 그 부탁을 들어줘야 하지?"

부인이 물었다.

"오즈님은 지혜롭고 강한 힘을 가지고 계시니까요. 오즈님 말고는 그 누구도 저를 도와줄 수 없기 때문이지요."

허수아비가 말했다.

"나는 아무 대가 없이 은혜를 베풀지 않는다. 하지만 이것 하나는 약속하겠다. 나를 위해 서쪽 마녀를 죽인다면 너에게 가장 똑똑한 뇌를 아주 많이 주겠다. 그러면

이 나라에서 가장 똑똑해질 수 있을 것이다."

"도로시에게도 서쪽 마녀를 죽이라고 하셨다던데요?"

허수아비가 놀란 목소리로 물었다.

"그랬지. 누가 죽이든 상관없어. 어쨌든 마녀가 살아 있는 한 그 누구의 소원도 들어주지 못한다. 자, 이제 돌아가라. 뇌를 얻을 자격이 생기기 전에는 다시는 나를 만나려고 찾아와서는 안 돼."

허수아비는 어깨가 축 늘어진 채 친구들에게 돌아와 오즈에게 들은 말을 전했다. 도로시는 마법사가 자신이 본 커다란 머리가 아니라 아름다운 부인의 모습으로 나타났다는 소식에 깜짝 놀랐다.

"오즈님도 양철 나무꾼처럼 심장이 필요한 것 같아."

허수아비가 말했다.

그리고 다음 날 아침, 초록색 구레나룻의 병사가 양철 나무꾼을 찾아와 말했다.

"오즈님께서 보고자 하십니다. 저를 따라오세요."

양철 나무꾼은 병사를 따라 커다란 알현실로 향했다. 오즈님이 커다란 머리일지 아름다운 부인일지 알 수 없었지만, 기왕이면 아름다운 부인의 모습이기를 바랐다.

"만약 오즈님이 커다란 머리라면 내 심정을 이해하지 못할 거야. 머리만 있지 심장이 없으니까. 하지만 아름다

145

운 부인이라면 심장을 달라고 간곡히 청해볼 수 있겠지. 고귀한 부인들은 다정한 마음씨를 가졌다고 하잖아."

양철 나무꾼이 혼잣말로 중얼거렸다.

하지만 알현실에 들어간 양철 나무꾼은 커다란 머리도 아름다운 부인도 볼 수 없었다. 오즈는 난생처음 보는 무서운 야수의 모습으로 바뀌어 있었다. 코끼리처럼 덩치가 커 초록색 왕좌가 그 무게를 버티지 못할 것 같았다. 코뿔소처럼 생긴 머리에는 눈이 다섯 개나 달려 있고, 거대한 몸통에는 긴 팔과 가늘고 긴 다리가 다섯 개씩 달려 있었으며, 온몸은 양처럼 털로 덮여 있었다. 감히 상상조차 하기 힘들 정도로 무시무시한 형상이었다. 그 순간 양철 나무꾼은 심장이 없는 것이 오히려 다행이다 싶었다. 만약 심장이 있었다면 무서워서 가슴이 터질 정도로 쿵쾅거렸을 테니까. 하지만 양철 나무꾼은 두려움보다 실망감이 더욱 컸다.

"나는 위대하고 무시무시한 오즈의 마법사다. 그대는 누구고 왜 나를 찾아왔는가?"

"저는 양철로 만들어진 평범한 나무꾼입니다. 하지만 심장이 없어 사랑을 느낄 수 없습니다. 저에게 심장을 주십사 부탁드리려고 찾아왔습니다. 저도 에메랄드 시티의 다른 사람들처럼 심장을 갖고 싶습니다."

146

"내가 왜 그 부탁을 들어줘야 하지?"

무섭게 생긴 야수가 물었다.

"제가 이렇게 간청을 드리고 있으니까요. 제 소원을 들어주실 분은 마법사님 한 분뿐이에요."

양철 나무꾼이 대답했다.

오즈는 그 말에 낮게 그르렁 소리를 내더니 차가운 목소리로 말했다.

"정말로 심장을 갖고 싶다면 스스로 노력을 해야겠지."

"어떻게 말입니까?"

양철 나무꾼이 물었다.

"도로시가 사악한 서쪽 마녀를 죽이는 것을 도와라. 마녀가 죽으면 다시 나를 찾아오도록 해. 그러면 오즈의 나라에서 가장 크고, 가장 따뜻하며, 가장 사랑이 넘치는 심장을 내리도록 하겠다."

슬픔에 잠겨 친구들에게 돌아온 양철 나무꾼은 마법사가 흉측한 야수의 모습으로 나타났다고 전했다. 일행은 오즈의 마법사가 매번 다른 모습으로 변할 수 있다는 사실에 깜짝 놀랐다.

"만약 내가 오즈님을 만나러 갔을 때 야수가 나타나면 최대한 큰 소리로 으르렁댈 거야. 그러면 깜짝 놀라서 내 부탁을 들어주시겠지. 만약 아름다운 부인의 모습으로 나타난다면, 확 달려드는 시늉을 해야겠어. 그러면 내 부탁을 들어주시겠지. 만약 커다란 머리통이 나타나면 바닥에 데굴데굴 굴려서 내 부탁을 들어준다고 할 때까지 괴롭힐 거야. 그러니까 모두 기운 내. 다 잘될 거야."

양철 나무꾼의 이야기를 들은 사자가 말했다.

다음 날 아침, 초록색 구레나룻의 병사가 이번에는 사자를 오즈가 기다리고 있는 알현실로 안내했다.

성큼성큼 방으로 들어간 사자는 사방을 둘러보다가 소스라치게 놀랐다. 왕좌에 있는 것은 다름 아닌 시뻘건 불덩이였다. 어찌나 활활 타오르는지 똑바로 쳐다보기 조차 힘들 정도였다. 순간 사자는 오즈가 불에 타고 있는 게 아닌가 싶어 가까이 다가가려고 했지만 열기가 워낙 세서 수염이 그슬릴 정도였다. 사자는 벌벌 떨면서 문 쪽으로 슬금슬금 뒷걸음질을 쳤다. 그러자 시뻘건 불덩이가 낮고 조용한 목소리로 말했다.

"나는 위대하고 무시무시한 오즈의 마법사다. 그대는 누구고 왜 나를 찾아왔는가?"

"저는 겁쟁이 사자입니다. 그래서 세상 모든 게 겁이 나지요. 저에게 용기를 달라고 부탁드리려고 찾아왔습니다. 그렇게 되면 사람들이 말하는 것처럼 진짜 동물의 왕이 될 수 있을 테니까요."

"내가 왜 용기를 주어야 하지?"

오즈가 물었다.

"오즈님은 모든 마법사 중에서 가장 위대하시니까요. 제 소원을 들어주실 분은 마법사님 한 분뿐입니다."

겁쟁이 사자가 대답했다.

그러자 벌건 불덩이가 뜨겁게 활활 타오르더니 다시 말했다.

"사악한 서쪽 마녀를 죽였다는 증거를 가지고 다시 오너라. 그럼 즉시 너에게 용기를 주겠다. 하지만 마녀가 살아 있는 한 너는 영원히 겁쟁이 사자로 살아야 할 것이다."

오즈의 말을 들은 사자는 화가 났지만 아무런 말도 할 수 없었다. 그저 멍하니 불덩이를 쳐다보고 있다가 불덩이가 점점 더 뜨겁게 타오르자 겁이 나서 쌩하니 밖으로 도망쳐 나왔다. 자신을 기다리고 있는 친구들을 본 사자는 그제야 안심하며 불덩이로 변신한 오즈와의 끔찍한 만남에 대해 이야기했다.

"이제 우리는 어쩌면 좋지?"

도로시가 슬픔에 잠겨 말했다.

"우리가 할 수 있는 건 한 가지뿐이야. 윙키 나라에 가서 사악한 서쪽 마녀를 찾아 없애는 거지."

"만약 실패하면 어떡하지?"

소녀가 되물었다.

"그럼 나는 영원히 용기를 얻을 수 없겠지."

사자가 말했다.

"나는 영원히 뇌를 가지지 못할 거고."

허수아비가 말했다.

"나는 심장을 얻지 못할 거야."

양철 나무꾼도 덧붙였다.

"그럼 난 엠 아주머니와 헨리 아저씨를 영원히 만날 수 없겠구나."

도로시가 울음을 터뜨리며 말했다.

"조심하세요!"

그 순간 초록색 아가씨가 외쳤다.

"눈물이 비단 드레스에 떨어지면 얼룩이 생길지도 몰라요."

그러자 도로시가 눈물을 닦으며 말했다.

"어쨌거나 시도는 해봐야겠지. 하지만 나는 누구를 죽이고 싶지는 않아. 그게 엠 아주머니를 다시 만날 유일한 길이라고 해도 말이야."

"나도 같이 갈게. 하지만 난 겁이 많아서 서쪽 마녀를 죽일 수 없을 거야."

겁쟁이 사자가 말했다.

150

"나도 갈게. 하지만 나는 바보라서 아무 도움도 되지 않을 거야."

허수아비가 말했다.

"난 심장이 없어서 아무리 사악한 마녀라도 죽이고 싶은 마음이 들지 않아. 그래도 너희들이 간다면 당연히 같이 가야지."

양철 나무꾼이 말했다.

그렇게 도로시 일행은 다음 날 아침에 출발하기로 결정했다. 양철 나무꾼은 초록색 숫돌에 도끼 날을 갈고 온몸의 관절 마디마디에 기름칠을 했다. 허수아비는 몸속에 새 지푸라기를 채웠고, 앞을 더 잘 볼 수 있도록 도로시가 눈도 새로 그려주었다. 일행을 따뜻

하게 챙겨주었던 초록색 아가씨는 도로시의 바구니에 먹을거리를 가득 채우고, 토토의 목에 작은 종이 달린 초록 리본을 걸어주었다.

그날은 모두가 일찍 잠을 청해 다음 날 동이 틀 때까지 푹 쉬었다. 일행은 궁전 뒷마당에 사는 초록색 수탉과 초록색 달걀을 낳은 암탉이 "꼬끼오!" 하고 울 때가 되어서야 잠에서 깼다.

12
사악한 서쪽 마녀를 찾아서

도로시 일행은 초록색 구레나룻 병사의 호위를 받으며 에메랄드 시티의 거리를 지나 처음 이곳에 왔을 때 만난 문지기가 있는 곳에 도착했다. 그는 일행의 안경을 벗겨 커다란 상자에 집어넣고 예의 바르게 문을 열어주었다.

"사악한 서쪽 마녀가 사는 곳으로 가려면 어느 길로 가야 하나요?"

도로시가 물었다.

"그런 길은 없습니다. 그곳에 가려는 사람이 없으니까요."

문지기가 대답했다.

"그럼 서쪽 마녀를 찾으려면 어디로 가야 하죠?"

소녀가 다시 물었다.

"그건 어렵지 않습니다. 여러분이 윙키 나라에 도착하면 마녀가 먼저 알고 노예로 삼기 위해서 찾아올 테니까요."

문지기가 말했다.

"그럴 일은 없을걸요. 우리가 먼저 서쪽 마녀를 없애버릴 테니까요."

허수아비가 말했다.

"아, 그렇다면 얘기가 달라지겠네요. 지금까지 그 누구도 서쪽 마녀를 건드리지 못해 여러분도 당연히 서쪽 마녀의 노예가 될 거라고 생각했거든요. 그런데 조심해야 합니다. 그 마녀는 아주 사악하고 사납기 때문에 쉽사리 해치우지 못할 겁니다. 해가 지는 서쪽으로 계속 가다 보면 서쪽 마녀를 만날 수 있을 거예요."

도로시 일행은 그에게 작별 인사를 하고 무작정 서쪽을 향해 걸음을 옮겼다.

도로시는 궁전에서 준 초록색 비단 드레스를 입고 있었는데, 사방에 데이지와 미나리아재비가 피어 있는 풀밭을 지나 계속 걷다 보니 놀랍게도 옷이 흰색으로 바뀌어 있었다. 토토의 목에 맨 초록색 리본도 마찬가지였다.

도로시 일행은 어느새 에메랄드 시티에서 한참 떨어진 곳에 다다랐다. 걸으면 걸을수록 지면이 더욱 울퉁불퉁해지고 가파른 경사가 이어졌다. 서쪽 나라에는 농장도 집도 없고 경작이 안 된 황무지들뿐이었다.

오후가 되자 그늘을 만들어주는 나무조차 없어 뜨거운 햇볕이 곧바로 내리쬐기 시작했고, 저녁이 되자 기진맥진해진 도로시와 토토, 사자는 결국 풀밭에 누워 잠이 들었다. 양철 나무꾼과 허수아비는 바로 옆에서 보초를 섰다.

사악한 서쪽 마녀는 외눈박이였지만 망원경만큼 시력이 좋아 어디든 한눈에 볼 수 있었다. 성문에 앉아 나라 곳곳을 살피던 마녀는 우연히 풀밭에 잠든 도로시 일행을 발견했다. 비록 한참 떨어진 곳이기는 했지만, 도로시 일행이 자신의 나라에 들어왔다는 것에 화가 났다. 마녀는 목에 걸고 있던 은 호루라기를 휙 불었다.

그러자 곧바로 사방에서 늑대들이 몰려왔다. 긴 다리와 사나운 눈동자, 날카로운 이빨을 희번덕거리는 녀석들이었다.

"저 녀석들을 찾아서 갈기갈기 찢어버려."

마녀가 말했다.

"저들을 노예로 삼지 않으실 겁니까?"

우두머리 늑대가 물었다.

"그렇다. 하나는 양철, 하나는 지푸라기로 된 놈이야. 다른 하나는 여자애고 나머지는 사자라 제대로 일을 할 만한 녀석이 없으니 그냥 갈기갈기 찢어버려도 좋다."

마녀가 말했다.

"알겠습니다."

우두머리 늑대는 대답을 마친 뒤 무리를 이끌고 전속력으로 도로시 일행을 향해 달려갔다. 하지만 다행히 허수아비와 양철 나무꾼은 잠들지 않아 늑대 무리가 몰려오는 소리를 들을 수 있었다.

"이건 내가 처리해야겠어. 넌 잠시 뒤에 숨어 있어. 놈들은 내가 맡을 테니까."

양철 나무꾼이 말했다.

양철 나무꾼은 시퍼렇게 날이 선 도끼를 하늘 높이 들고 있다가 우두머리 늑대가 다가오자 한 방에 녀석의 머리통을 내려쳤다. 우두머리 늑대는 그 자리에서 목숨을 잃었다. 다른 녀석들도 달려들었지만 양철 나무꾼의 날카로운 도끼를 피하지 못했다. 그렇게 40마리의 늑대가 40번의 도끼질 끝에 전부 죽어나갔다. 마침내 양철 나무꾼 앞에 늑대 시체가 산더미처럼 쌓였다. 양철 나무꾼은 그제야 도끼를 내리고 허수아비 옆으로 가서 앉았다.

"아주 잘 싸웠어, 친구."

그들은 그렇게 다음 날 아침 도로시가 눈을 뜰 때까지 기다렸다.

잠에서 깬 도로시는 산더미처럼 쌓인 늑대 시체를 보고 화들짝 놀랐다. 양철 나무꾼은 지난밤의 사정을 설명했고, 도로시는 모두의 목숨을 구해주어 너무 고맙다고 말했다. 일행은 간단히 아침 식사를 하고 다시 걸음을 옮겼다.

 그날 아침 같은 시간, 사악한 마녀는 다시 성문에 앉아 저만치 떨어져 있는 곳을 살펴보았다. 그런데 자신이 보낸 늑대 떼는 모두 시체가 되어 쌓여 있고 윙키 나라를 침입한 자들은 멀쩡히 돌아다니는 모습이 보이는 게 아닌가. 서쪽 마녀는 어제보다 더욱 화가 나서 은 호루라기를 두 번 불었다.

 그러자 이번에는 시커먼 야생 까마귀 떼가 하늘이 새까맣게 보일 정도로 커다란 날개를 퍼덕이면서 마녀를 향해 날아왔다. 사악한 서쪽 마녀가 까마귀의 왕에게 말했다.

 "당장 가서 저 침입자 무리를 해치워버려! 눈을 쪼아먹고 온몸을 갈기갈기 찢어버려!"

 야생 까마귀 떼는 무리를 지어 도로시와 일행이 있는 쪽으로 날아갔다.

 시커먼 까마귀 떼를 본 도로시는 잔뜩 겁을 먹었다. 그러자 허수아비가 말했다.

"이번에는 내가 나서야겠
어. 다들 내 옆에 엎드려 있어. 그러
면 아무도 다치지 않을 거야."

그 말에 일행은 모두 바닥에 납작 엎드리
고 허수아비만 자리에 서서 양쪽 팔을 펴고 있
었다. 그러자 까마귀 떼는 허수아비가 두 팔을
벌린 모습을 보고 겁을 먹었다. 새들은 본래 허
수아비만 보면 겁을 내게 마련이니까. 결국
까마귀 떼는 도로시 일행 근처에도 다가오지
못했다. 그때 까마귀 왕이 외쳤다.

"저건 지푸라기로 만든 거야! 내가 가서 놈의 눈을
쪼아버리겠다!"

까마귀 왕이 허수아비를
향해 달려들었다. 그 순간 허
수아비가 녀석의 머리통을 잡아
숨이 끊어질 때까지 비틀었다.
그러자 또 다른 까마귀가 날아왔고,

허수아비는 이번에도 녀석의 목을 비틀었다. 그렇게 허수아비는 40마리의 까마귀를 40번에 걸쳐 목을 비틀어 목숨을 끊었고, 마침내 허수아비 옆에 까마귀 시체가 산더미처럼 쌓였다. 그제야 허수아비는 친구들에게 일어나도 좋다고 말했고, 도로시 일행은 다시 길을 나섰다.

도로시 일행이 있는 쪽을 살피던 사악한 서쪽 마녀는 까마귀 시체가 수북이 쌓인 것을 보고 머리끝까지 화가 났다. 이번에는 마녀가 은 호루라기를 세 번 불었다. 그러자 곧바로 윙윙거리는 소리가 요란하게 들리더니 시커먼 벌 떼가 서쪽 마녀를 향해 날아왔다.

"침입자들을 찾아 독침으로 죽여버려라!"

마녀의 지시를 받은 벌 떼는 곧바로 방향을 틀어 도로시 일행이 있는 쪽으로 날아갔다. 벌 떼가 날아오는 모습을 본 양철 나무꾼은 허수아비와 대책을 의논하기 시작했다.

"내 몸에서 지푸라기를 꺼내 도로시와 토토, 그리고 사자의 몸에 뿌려. 그러면 벌들이 침을 쏘지 못할 테니까."

허수아비가 말했다.

양철 나무꾼은 허수아비가 시키는 대로 지푸라기를 뿌렸고, 도로시는 토토를 품에 안고 사자와 함께 지푸라기 밑에 가만히 숨어 있었다.

시커먼 벌 떼가 날아왔지만 일행은 어디론가 숨어 보이지 않았다. 벌 떼는 애먼 양철 나무꾼만 쏘아댔고, 벌침은 딱딱한 양철에 닿자마자 부러져버렸다. 당연히 양철 나무꾼은 멀쩡했다. 또한 벌침이 부러지면 벌은 죽는 법이라 결국 벌 떼도 양철 나무꾼의 발치에 우수수 떨어져 시커먼 석탄처럼 쌓였다.

　자리에서 일어난 도로시는 나무꾼과 함께 허수아비의 몸속에 지푸라기를 다시 채워 넣었다. 그러자 허수아비는 곧바로 예전 모습을 되찾았다. 도로시 일행은 다시 여행을 계속했다.

　사악한 서쪽 마녀는 석탄처럼 쌓인 벌 떼의 시체를 보고 화가 나서 발을 동동 구르다가 열두 명의 윙키족 노예를 불렀다. 이번에는 날카로운 창을 하나씩 쥐여 주며 윙키 나라를 침입한 자들을 죽이라고 명령했다.

윙키들은 본래 용감한 종족이 아니었지만 마녀가 시키는 대로 움직여야 했다. 그들은 서둘러 도로시 일행을 찾아 나섰다. 이번에는 사자가 나서서 우렁찬 소리로 으르렁거리며 윙키족을 향해 달려들었다. 가엾은 윙키족 노예들은 사자의 함성에 놀라 사방으로 도망쳤다.

윙키족 노예들이 다시 서쪽 마녀가 살고 있는 성으로 돌아가자 사악한 마녀는 윙키들을 채찍으로 한참을 후려친 다음 일터로 돌려보냈다. 서쪽 마녀는 자리에 앉아 무슨 수를 써야 도로시 일행을 처치할 수 있을지 고민에 잠겼다. 서쪽 마녀는 침입자들을 처치하려던 방법들이 모조리 수포로 돌아간 이유를 이해할 수 없었다. 하지만 마녀는 사악한 것만큼이나 머리 회전이 빨라 곧바로 또 다른 방법을 생각해냈다.

사악한 서쪽 마녀의 찬장 속에는 테두리에 다이아몬드와 루비가 박힌 황금 모자가 있었다. 그 모자에는 마

법이 걸려 누구든 그 모자를 쓰면 날개 달린 원숭이들을 세 번 불러낼 수 있었는데 그들은 주인이 시키는 일은 무엇이든 닥치는 대로 해냈다. 하지만 누가 주인이 되건 날개 달린 원숭이를 세 번 이상 부를 수는 없었다.

사악한 마녀는 황금 모자의 마법을 이미 두 번이나 사용한 터였다. 한 번은 윙키족을 자신의 노예로 만들고 이 나라를 손아귀에 넣을 때, 또 한 번은 위대한 오즈의 마법사와 싸워 그를 서쪽 나라에서 몰아낼 때 사용했다. 그때도 날개 달린 원숭이들이 나타나 서쪽 마녀를 도와주었다. 이제 남은 기회는 딱 한 번뿐이었다.

마녀는 자신이 가진 다른 능력이 전부 바닥나기 전에는 마지막 기회를 쓰고 싶지 않았다. 하지만 사나운 늑대 무리, 사나운 까마귀 떼, 그리고 독침을 쏘는 벌 떼까지 모두 잃지 않았던가. 게다가 윙키족 노예들까지 사자에게 겁을 먹고 도망쳐오자 도로시와 친구들을 해치울 방법은 이것뿐이라고 생각했다.

사악한 마녀는 찬장에서 황금 모자를 꺼내 머리에 쓰고 왼발로 서서 천천히 말했다.

"에페, 페페, 카케!"

그런 다음 이번에는 오른발로 서서 말했다.

"힐로, 홀로, 헬로!"

그리고 마지막으로 두 발로 서서 큰 소리로 외쳤다.

"지지, 주지, 지크!"

그러자 마법이 시작됐다. 하늘이 시커멓게 변하더니 낮게 우르릉거리는 소리가 퍼졌다. 수많은 날개가 퍼덕거리는 소리와 시끄럽게 웃고 떠드는 소리도 들렸다. 그러더니 어두웠던 하늘 사이로 해가 보이면서 사악한 서쪽 마녀를 둘러싼 원숭이 떼가 나타났다. 원숭이의 어깨에는 큼지막하고 억센 날개가 달려 있었다. 무리 중에서 유독 몸집이 큰 우두머리 원숭이가 마녀 가까이 날아와 말했다.

"세 번째이자 마지막으로 저희를 부르셨군요. 어떤 명령을 내리시겠습니까?"

"내 땅을 침입한 자들을 찾아내 모조리 해치워버려. 사자만 살려서 내게 데려오고. 말처럼 끈으로 묶어서 일을 시킬 거야."

"명령대로 하겠습니다."

날개 달린 원숭이들은 우두머리 원숭이의 대답과 동시에 요란한 소리를 내며 도로시와 친구들이 걷고 있는 쪽으로 날아갔다.

몇몇 원숭이가 양철 나무꾼을 낚아채 공중으로 날아가다 뾰족한 바위로 뒤덮인 시골길 아래로 떨어뜨렸다. 바위 틈새에 박혀 온몸이 우그러지는 상처를 입은 양철 나무꾼은 움직일 수도 신음소리를 낼 수도 없었다. 다른 원숭이들은 허수아비를 낚아채 긴 손으로 몸통과 머리에 들어 있던 지푸라기를 끄집어낸 다음 허수아비의 모자와 부츠, 옷을 둘둘 말아 커다란 나무 꼭대기 위로 집어던졌다. 나머지 원숭이들은 튼튼한 밧줄을 던져 사자의 몸통과 머리, 다리를 꽉 묶었다. 사자는 발톱을 휘두를 수도, 원숭이를 물어뜯을 수도 없었다. 원숭이들은 그런 사자를 번쩍 들고 마녀가 사는 성으로 날아가 높은 철제 벽이 둘러싸인 작은 마당에 집어넣었다. 이제 사자는 옴짝달싹할 수 없는 지경이 되었다.

하지만 그때까지도 도로시는 멀쩡했다. 토토를 품에 안고 친구들이 속수무책으로 비참한 운명에 처하는 모습을 지켜본 도로시는 다음은 자신의 차례라고 생각했다. 때마침 날개 달린 원숭이의 우두머리가 흉측한 미소를 지으며 도로시에게 날아와 긴 팔을 뻗었다. 그런데 도로시의 이마에 있는 선한 마녀의 표식을 본 그는 곧바로 부하들에게 그녀를 건드리지 말라는 신호를 보냈다.

"이 소녀는 선한 힘의 보호를 받고 있는 자이니 해치면 안 된다. 선한 힘은 악한 힘보다 세다. 우리가 할 수 있는 일은 이 소녀를 사악한 마녀의 성으로 데리고 가는 것뿐이다."

날개 달린 원숭이들은 팔을 뻗어 도로시를 아주 조심스럽게 안고 천천히 하늘을 가로질러 서쪽 마녀의 성으로 날아갔다. 우두머리가 성문 앞 계단에 도로시를 가만히 내려놓으며 마녀에게 말했다.

"명령하신 대로 저희가 할 수 있는 일은 다 완수했습니다. 양철 나무꾼과 허수아비는 처리했고, 사자는 밧줄로 묶어 마당에 두었습니다. 하지만 이 소녀는 저희 힘으로는 감히 해칠 수 없습니다. 소녀가 안고 있는 개도 마찬가지고요. 저희가 명령에 따르는 것도 이번이 마지막입니다. 다시는 저희를 만날 수 없을 겁니다."

말을 마친 날개 달린 원숭이들은 큰 소리로 웃고 떠들면서 하늘로 날아오르더니 금세 시야에서 사라졌다.

사악한 서쪽 마녀는 도로시의 이마에 있는 표식을 보고는 깜짝 놀랐다. 한편으로는 걱정도 되었다. 날개 달린 원숭이는 물론 자신도 도로시에게 감히 손을 댈 수 없다는 사실을 알고 있었기 때문이다. 게다가 도로시가 은

168

구두를 신고 있는 모습을 보고는 겁이 나는지 부들부들 떨기 시작했다. 은 구두에는 실로 엄청난 위력의 마법이 깃들어 있었기 때문이다. 그래서 처음에는 도로시한테서 도망칠 궁리를 했지만 곧 생각을 바꿨다. 소녀의 눈동자를 보니 너무나 순진무구해서 은 구두에 어떤 힘이 있는지조차 모르고 있다는 확신이 들었기 때문이다.

'그렇다면 이 아이를 노예로 삼아도 되겠어. 어차피 은 구두를 사용하는 방법도 모를 테니까.'

사악한 마녀는 속으로 피식 웃고는 차가운 목소리로 말했다.

"나를 따라와. 이제부터 내가 시키는 일은 뭐든 해야 한다. 안 그러면 양철 나무꾼과 허수아비처럼 너를 끝장 내버리겠어."

도로시는 마녀를 따라 성 안에 수없이 늘어선 아름다운 방을 지나 부엌에 도착했다. 마녀는 냄비들과 주전자들을 깨끗이 닦고 바닥을 쓸고 난로에 장작을 피우라고 지시했다.

도로시는 마녀가 시키는 대로 따랐다. 최대한 열심히 일할 작정이었다. 사악한 마녀가 자신을 죽이지 않는 것만으로도 천만다행이라고 생각했기 때문이다.

도로시가 열심히 일하는 모습을 본 사악한 마녀는 마

당으로 가서 사자를 말처럼 묶어 길들여야겠다고 생각했다. 외출할 때 사자에게 마차를 끌게 하면 정말 재미있을 것 같았다. 하지만 마당 문을 열자마자 사자가 으르렁대며 사납게 달려들자 깜짝 놀라서는 곧바로 다시 문을 잠갔다.

"너를 길들일 수는 없더라도 굶길 수는 있지."

사악한 마녀는 철장 사이에 대고 이렇게 말했다.

"내가 시키는 대로 하지 않으면 아무것도 먹지 못할 거야."

그 후 마녀는 마당에 갇힌 사자에게 음식을 전혀 주지 않았다. 그리고 매일 정오가 되면 마당으로 와서 사자에게 물었다.

"이제 말처럼 길들여질 준비가 되었느냐?"

"천만에! 이 안에 들어왔다가는 내 밥이 될 줄 알아!"

사자가 으르렁거렸다.

사자가 사악한 마녀의 뜻대로 움직이지 않고 버틸 수 있었던 것은 도로시 덕분이었다. 밤마다 마녀가 잠이 들면 찬장에 있는 음식을 몰래 가져다 사자에게 주었기 때문이다. 사자가 음식을 먹고 지푸라기 더미에 엎드리면 도로시는 덥수룩한 사자 갈기에 기대고 나란히 누워 함께 걱정거리를 나누고 성에서 탈출할 방법을 논의했다.

하지만 사악한 마녀의 노예인 노란색 윙키들이 성을 단단히 지키고 있어 도저히 빠져나갈 도리가 없었다. 윙키들은 사악한 마녀를 너무 두려워했기 때문에 감히 마녀의 뜻을 거스를 엄두를 내지 못했다.

도로시는 죽어라 일만 했고, 마녀는 틈만 나면 항상 손에 들고 다니는 우산으로 때리는 시늉을 하면서 도로시를 위협했다. 하지만 실상은 도로시의 이마에 있는 표식 때문에 감히 손을 댈 수 없는 신세였다. 그 사실을 까맣게 모르는 도로시는 자신이나 토토가 우산에 맞을까 봐 걱정을 해야 했다.

한번은 사악한 마녀가 우산으로 토토를 때렸는데, 토토가 용감하게 마녀에게 달려들어 다리를 꽉 물어버린 적도 있었다. 사악한 마녀는 개에게 물리고도 피를 흘리지 않았다. 너무 사악한 나머지 아주 오래전에 몸속의 피가 전부 말라버린 것이다.

엠 아주머니가 있는 캔자스로 돌아가는 일이 생각보다 훨씬 어렵다는 것을 깨달은 도로시의 삶은 어느 때보다 불행했다. 가끔씩 몇 시간 동안 엉엉 울기도 했다. 그러면 토토가 발치에 앉아 주인의 모습을 안쓰럽게 바라보며 낑낑대곤 했다. 토토는 캔자스건 오즈의 나라건 도로시와 함께라면 어디든 상관없었다. 하지만 도로시가 불행하면 덩달아 자신까지 불행해진다는 것을 잘 알고 있었다.

드디어 사악한 마녀는 도로시가 신고 다니는 은 구두를 욕심내기 시작했다. 벌 떼와 까마귀 떼, 늑대들까지 전부 마른 시체 더미가 되고 황금 모자의 마법도 전부 써 버렸기 때문이다. 은 구두만 손에 넣는다면 지금까지 잃은 것보다 훨씬 강력한 힘을 얻을 수 있을 터였다.

사악한 마녀는 도로시의 행동을 주시하면서 언제든 도로시가 구두를 벗으면 몰래 훔쳐야겠다고 마음먹었다. 하지만 도로시는 은 구두가 너무 예쁘고 자랑스러워 잘 때와 씻을 때를 빼곤 절대로 벗는 일이 없었다. 더욱이 마녀는 깜깜한 밤을 너무 무서워해 밤에 몰래 도로시의 방에 가서 구두를 훔쳐오는 것은 엄두도 내지 못했다. 또한 어둠만큼이나 물을 두려워해 도로시가 씻을 때는 가까이 가지도 못했다. 사실 늙고 사악한 마녀는 물을 손에 대지도 않았고 물이 몸에 닿는 것도 허락지 않았다.

그런데 사악한 존재들은 매우 교활하기도 하다. 마침내 마녀는 자신이 원하는 것을 손에 넣기 위한 묘안을 떠올렸다. 마법으로 부엌 한가운데에 사람 눈에는 보이지 않는 철제 막대기를 만든 것이다.

결국 도로시는 부엌에서 일을 하다 보이지 않는 막대

172

기에 발이 걸려 넘어졌고, 크게 다치진 않았지만 넘어지면서 은 구두 한 짝이 벗겨지고 말았다. 도로시는 구두를 집으려고 손을 뻗었다. 그 순간 마녀가 얼른 구두를 낚아채 뼈만 남은 자신의 발에 끼웠다.

사악한 마녀는 자신의 계획이 성공하자 뛸 듯이 기뻐했다. 은 구두 한 짝을 가지고 있는 한 마법의 절반은 자신이 가진 셈이라 이제는 도로시가 자신에게 마법을 부릴 수 없을 테고, 설령 마법을 사용하는 법을 안다고 해도 구두 한 짝으로는 어림도 없는 일이라는 것을 알고 있었기 때문이다.

도로시는 예쁜 구두 한 짝을 빼앗겼다는 사실을 깨닫고는 화가 나서 소리쳤다.

"내 구두 내놔요!"

"안 줄 거야. 이제 네 구두가 아니라 내 거니까."

사악한 마녀가 말했다.

"이 나쁜 마녀 같으니! 당신은 내 구두를 뺏을 권리가 없어!"

도로시가 소리치자 마녀가 비웃으며 대답했다.

"나도 한 짝을 가졌으니, 둘 다 구두 주인인 셈이야. 언젠가 그 남은 한쪽도 내가 빼앗고 말 테다."

그 말을 들은 도로시는 머리끝까지 화가 나서 바로 옆

173

에 있던 물 양동이를 번쩍 들어 사악한 마녀에게 부었
다. 그러자 머리끝부터 발끝까지 쫄딱 젖은 사악한 마녀
가 겁에 질려 비명을 지르더니 놀란 토끼 눈을 뜨고 있던
도로시 앞에서 점점 쪼그라들면서 사라지기 시작했다.

"네가 무슨 짓을 했는지 알아? 이제 나는 녹아서 없어
질 거라고!"

사악한 마녀가 외쳤다.

"정말 미안해요."

눈앞에서 사악한 마녀가 갈색 설탕처럼 녹아내리는
모습을 본 도로시는 정말 놀란 눈치였다.

"내 몸에 물이 닿으면 녹아 없어진다는 걸 진짜 몰랐

다는 거야?"

마녀가 흐느끼며 절망 섞인 목소리로 물었다.

"당연히 몰랐죠. 제가 그걸 어떻게 알았겠어요?"

"이제 잠시 후면 나는 녹아서 없어지겠지. 이 성은 네 차지가 될 테고. 평생을 사악한 마녀로 살았는데, 너처럼 어린아이가 나를 녹여 없애고 나의 악행을 멈출 거라고는 상상도 못 했어. 잘 봐, 이제 나는 간다!"

사악한 마녀는 마지막 말과 함께 갈색 덩어리로 녹더니 곧이어 말끔한 부엌 바닥으로 서서히 퍼졌다. 마녀가 녹아 없어지는 모습을 본 도로시는 곧바로 물을 한 양동이 가져와 갈색 얼룩 위에 쏟아 붓고는 바닥을 깨끗이 쓸어냈다. 도로시는 사악한 마녀가 유일하게 남긴 은 구두 한 짝을 집어 물로 말끔히 씻고 마른수건으로 닦은 다음 다시 신었다.

마침내 자유를 얻은 도로시는 곧바로 마당으로 달려갔다. 빨리 사자에게 사악한 서쪽 마녀가 죽었다는 소식을 전하고 싶었기 때문이다. 이제 둘은 더 이상 이 낯선 나라에 갇힌 노예가 아니었다.

13
구출

겁쟁이 사자는 사악한 서쪽 마녀가 물 한 양동이에 녹아버렸다는 소식을 듣고 뛸 듯이 기뻐했다. 도로시는 곧바로 마당 문을 열고 사자를 풀어준 다음 함께 성으로 갔다.

도로시는 윙키들을 전부 모아놓고 이제 더 이상 서쪽 마녀의 노예가 아니라는 사실을 전해주었다. 노란색 윙키족은 크게 환호했다. 오랫동안 사악한 마녀의 노예로 지내면서 매일 힘들게 일했고 가혹한 대접을 감내해야 했기 때문이다. 윙키들은 이날을 기념일로 정하고 이후로도 서쪽 마녀가 죽은 날이 되면 축제를 벌이고 춤을 추면서 즐거운 하루를 보냈다.

"우리 친구 허수아비와 양철 나무꾼이 함께 있었으면 정말 행복했을 텐데."

사자가 말했다.

"우리가 친구들을 구출할 수 없을까?"

도로시가 조바심에 가득 찬 목소리로 말했다.

"일단 시도해보자."

사자가 대답했다.

도로시는 노란색 윙키족을 불러놓고 친구들을 구출하는 데 도움을 줄 수 있겠냐고 물었다. 윙키들은 서쪽 마녀로부터 자유를 되찾아준 도로시를 위해서라면 자신들의 모든 능력을 발휘하겠노라고 흔쾌히 대답했다.

도로시는 제일 머리가 좋아 보이는 윙키 몇 명을 골라 함께 길을 나섰다. 그들은 하루 반나절 이상을 걷고 나서야 양철 나무꾼이 추락한 바위투성이 들판에 도착했다. 양철 나무꾼은 온몸이 찌그러지고 부서진 채 바닥에 누워 있었고, 바로 옆에는 완전히 녹슬고 자루마저 부러진 도끼가 떨어져 있었다. 윙키들은 조심스럽게 양철 나무꾼을 들어 노란 성으로 옮겼다.

도로시는 친구의 처참한 몰골을 보며 눈물을 흘렸다. 사자도 한껏 풀이 죽고 안타까운 표정이었다.

"혹시 여러분 중에 양철공이 있나요?"

"네, 물론이죠. 솜씨 좋은 양철공이 몇 있답니다."
윙키들이 말했다.
"그럼 빨리 불러주시겠어요?"
도로시가 말했다.

잠시 후 양철공 윙키들이 온갖 연장이 든 바구니를 들고 하나둘 도착했다.

"우리 친구 나무꾼의 구부러진 몸을 펴서 원래대로 만들어줄 수 있을까요? 부서진 부분은 땜질도 해주셔야 할 것 같아요."

양철공들은 나무꾼의 모습을 찬찬히 살핀 뒤 원래대로 만들 수 있을 것 같다고 대답하고는 성의 커다란 노란 방으로 가서 복구 작업을 시작했다. 양철공들은 사흘 밤낮을 꼬박 양철 나무꾼의 다리와 몸통, 머리를 망치질하고 비틀고 구부리고 땜질하고 윤을 내고 두드리며 보냈다. 그리고 마침내 나무꾼은 예전 모습 그대로 멀쩡해졌다. 관절도 매끄럽게 움직일 수 있었다. 비록 몇 군데는 땜질을 했지만 윙키 양철공들의 솜씨가 워낙 좋은 데다 나무꾼의 성격도 소탈해 몸 군데군데 땜질을 한 점은 개의치 않았다.

드디어 양철 나무꾼이 도로시의 방으로 찾아와 목숨을 구해주어 고맙다는 인사를 건넸다. 양철 나무꾼이 기쁨에 벅차 눈물을 흘리자 도로시는 관절이 녹슬지 않도록 곧바로 앞치마로 흐르는 눈물을 닦아주었다. 도로시도 옛 친구를 다시 만나 기쁨의 눈물을 터뜨렸지만 굳이 눈물을 닦을 필요는 없었다. 사자도 계속 눈물을 흘렸다. 꼬리로 눈물을 닦아내느라 털이 축축하게 젖은 나머지 나중에 궁전 뒤뜰로 나가 햇볕에 젖은 꼬리털을 말려야 할 지경이었다.

도로시가 그동안의 사정을 이야기하자 양철 나무꾼이 말했다.

"이제 허수아비만 구하면 되겠다. 그러면 정말 행복할 것 같아."

"어떻게든 허수아비를 찾아야 해."

도로시가 말했다.

도로시는 다시 윙키들에게 도움을 청했다. 그들은 다시 하루 반나절을 꼬박 걸어 날개 달린 원숭이가 허수아비의 옷을 둘둘 말아 던져둔 나무에 도착했다. 하지만 나무가 워낙 키가 크고 몸통이 매끈해 타고 올라가기는 힘들어 보였다. 그러자 양철 나무꾼이 말했다.

"도끼로 나무를 쓰러뜨리면 허수아비의 옷을 되찾을 수 있을 거야."

사실 양철공 윙키들이 나무꾼의 몸을 손보는 동안 대장장이 윙키들은 부러진 도끼 자루를 순금 자루로 바꾸고 무뎌진 날도 매끈하게 갈아둔 터였다. 이제 도끼날에서 번쩍번쩍 광채가 났다.

180

나무꾼은 곧바로 도끼질을 시작했고, 얼마 지나지 않아 키가 큰 나무가 쿵 소리를 내며 바닥으로 쓰러졌다. 나뭇가지에 걸려 있던 허수아비의 옷가지들이 바닥에 나뒹굴었다.

도로시가 허수아비의 옷가지를 챙기자 윙키들이 성으로 가져가 깨끗한 지푸라기를 채운 뒤 단단히 꿰맸다. 세상에! 그러자 허수아비가 다시 살아나 목숨을 구해주어 고맙다고 인사를 하고 또 하는 것이었다.

그렇게 다시 한 자리에 모인 도로시 일행은 며칠 동안 노란 윙키들의 성에서 행복한 시간을 보냈다. 성 안에는 모든 것이 갖춰져 있어 그 어느 때보다 편히 지낼 수 있었다.

그런 어느 날 캔자스에 있는 엠 아주머니의 모습을 떠올린 도로시가 말했다.

"이제 오즈님에게 돌아가서 우리랑 한 약속을 지키라고 하자."

"맞아. 드디어 나도 심장을 얻게 되겠구나."

양철 나무꾼이 말했다.

"나는 뇌를 얻게 될 거야."

허수아비가 신이 나서 말했다.

"나는 용기가 생기겠네."

사자가 곰곰이 생각하다 말했다.

"나는 캔자스로 돌아갈 수 있을 거야."

도로시가 신이 나서 손뼉을 치며 말했다.

"그럼 내일 당장 에메랄드 시티로 출발하자!"

다음 날, 도로시 일행은 윙키족과 아쉬운 작별 인사를 나누었다. 윙키들은 도로시와 친구들이 떠난다는 소식을 듣고 무척 안타까워했다. 특히 양철 나무꾼과 정이 많이 든 그들은 서쪽 윙키 나라에 남아서 윙키족의 나라를 다스려주면 안 되겠느냐는 부탁까지 했다. 하지만 도로시 일행이 떠나기로 마음먹었다는 사실을 깨닫고 토토와 사자에게는 금 목줄을 하나씩 걸어주고, 도로시에게는 다이아몬드가 박힌 아름다운 팔찌를 선물했다. 또 허수아비에게는 길을 걷다가 넘어지지 않도록 황금 손잡이가 달린 지팡이를 선물하고, 양철 나무꾼에게는 순은으로 만들고 금과 보석으로 장식한 기름통을 선물했다. 도로시 일행은 한 명씩 돌아가면서 윙키들에게 덕담을 건넸다.

도로시는 에메랄드 시티로 가는 길에 먹을 음식을 챙기려고 서쪽 마녀의 찬장을 열었다가 우연히 황금 모자를 발견했다. 혹시나 싶어 머리에 써보니 맞춘 듯이 꼭 맞았다. 황금 모자의 마법에 대해서는 전혀 알지 못했지만 그냥 예뻐 보여 더운 날 쓸 요량으로 바구니에 담았다.

그렇게 여행 준비를 마친 도로시 일행은 에메랄드 시티를 향해 출발했다. 윙키들은 만세를 세 번 부르며 그들의 앞날에 좋은 일만 가득하기를 기원하면서 팔이 아플 때까지 손을 흔들었다.

14
날개 달린 원숭이

여러분이 기억할지 모르겠지만, 에메랄드 시티와 사악한 마녀의 성 사이에는 조그만 오솔길 하나 없었다. 그런데 도로시 일행이 서쪽 마녀를 찾아 길을 나섰을 때, 그들이 오는 것을 먼저 알아챈 마녀가 날개 달린 원숭이를 보내 잡아오게 하는 바람에 도로시 일행은 그것을 몰랐다. 당연히 미나리아재비와 노란 데이지 꽃밭을 가로질러 에메랄드 시티로 돌아가는 건 요원한 일이었는데, 도로시 일행은 그저 해가 뜨는 동쪽으로 계속 걸어가면 된다고 생각해 곧바로 길을 나선 것이다.

하지만 정오쯤 되어 해가 머리 위로 올라오자 어느 쪽이 동쪽이고 어느 쪽이 서쪽인지 도저히 가늠할 수 없는 지경이었고, 결국 도로시 일행은 넓은 들판 한가운데서 길을 잃고 말았다. 그래도 그들은 멈추지 않고 계속 걸었다.

밤이 되자 달이 환하게 빛났다. 도로시 일행은 향기로운 노란 꽃밭에 누워 다음 날 아침까지 그대로 잠이 들었다. 물론 허수아비와 양철 나무꾼은 제외하고 말이다.

다음 날 아침, 해가 구름 뒤로 숨어 있었지만 도로시 일행은 아랑곳하지 않고 걸었다. 마치 어느 쪽으로 가야 하는지 잘 아는 것처럼 조금도 주저함이 없었다.

"계속 걷다 보면 언젠가 도착할 수 있을 거야."

도로시가 말했다.

하지만 하루가 가고 이틀이 지나도 눈앞에 보이는 것은 노란 꽃이 피어 있는 들판뿐이었다. 그러자 허수아비가 슬슬 불만을 털어놓기 시작했다.

"아무래도 길을 잃은 게 틀림없어. 만약 에메랄드 시티로 가는 길을 찾지 못한다면, 나는 뇌를 얻지 못하겠지."

"나는 심장을 얻지 못할 테고. 빨리 오즈님을 뵙고 싶은데. 이번 여행이 정말로 길 거라는 점을 우리 모두 인정해야 해."

양철 나무꾼이 말했다.

"너희도 알다시피 나는 이렇게 계속 방황하면서 영원

히 걸어 다닐 용기조차 없잖아."

겁쟁이 사자도 한숨 섞인 목소리로 보탰다.

맥이 풀린 도로시는 그대로 풀밭에 주저앉아 일행을
바라보았다. 그들도 풀밭에 앉아 도로시를 멍하니 바라
보았다. 토토는 태어나서 처음 지칠 대로 지쳐 머리 위
로 날아다니는 나비를 쫓아다닐 기운조차 없어 보였다.
토토는 혀를 길게 내밀고 헉헉대면서 앞으로 어떡할 거
냐는 눈빛으로 도로시를 빤히 쳐다보았다.

"들쥐를 불러보는 게 어떨까? 에메랄드 시티로
가는 길을 가르쳐줄지도 모르잖아."

도로시가 말했다.

"맞아, 그럴 수도 있겠다! 왜 진작 들쥐 부를
생각을 못 했을까?"

허수아비가 큰 소리로 외쳤다.

도로시는 들쥐 여왕에게
선물 받아 지금까지

목에 걸고 다니던 작은 호루라기를 불었다. 그러자 쥐들이 후다닥 달려오는 소리가 들렸고, 저만치서 조그만 회색 쥐들이 일행을 향해 달려왔다. 들쥐 여왕이 찍찍대며 물었다.

"우리 친구들을 어떻게 도와줄까?"

"저희가 길을 잃었어요. 에메랄드 시티로 가는 길이 어디인지 가르쳐주실 수 있나요?"

도로시가 말했다.

"물론 가르쳐줄 수 있단다. 그런데 여기서 아주 멀리 가야 해. 지금까지 반대 방향으로 걷고 있었거든."

그제야 도로시의 황금 모자를 본 들쥐 여왕이 말을 이었다.

"황금 모자의 마법을 사용하는 게 어떻겠니? 날개 달린 원숭이를 부르면 에메랄드 시티까지 한 시간 안에 데려다줄 텐데."

"이 모자에 마법이 있는 줄 몰랐어요. 어떤 건가요?"

도로시가 깜짝 놀라 되물었다.

"황금 모자 안쪽에 적혀 있단다. 그런데 너희들이 날개 달린 원숭이를 부르면 우리는 빨리 도망쳐야 하지. 그 원숭이들은 워낙 장난이 심해 우리를 괴롭히는 걸 좋아하거든."

들쥐 여왕이 말했다.

"우리를 해치지는 않을까요?"

도로시가 근심 섞인 목소리로 물었다.

"아니, 절대로! 모자의 주인에게는 반드시 복종해야 하거든. 그럼, 잘 가렴!"

들쥐 여왕은 서둘러 들쥐 떼를 이끌고 사라졌다.

도로시는 황금 모자 안쪽을 유심히 살폈다. 정말로 모자 안쪽에 단어들이 적혀 있었다. 그게 마법의 주문일 거라 확신한 도로시는 주문 외우는 방법을 자세히 읽고 난 후 다시 모자를 썼다.

"에페, 페페, 카케!"

도로시는 왼발로 서서 이렇게 외쳤다.

"지금 뭐라고 하는 거야?"

허수아비가 어리둥절한 표정으로 말했다.

"힐로, 홀로, 헬로!"

도로시가 이번에는 오른발로 서서 말했다.

"나도 헬로!"

양철 나무꾼이 조용히 대꾸했다.

"지지, 주지, 지크!"

도로시가 두 발로 서서 큰 소리로 마지막 주문을 외쳤

다. 그러자 곧바로 소란스러운 날갯짓 소리와 함께 시끄러운 소리가 들렸다. 날개 달린 원숭이들이 저만치서 떼를 지어 도로시 일행을 향해 날아오고 있었다. 우두머리 원숭이가 도로시 앞에 멈춘 뒤 고개를 숙이고 말했다.

"저희에게 어떤 명령을 내리시겠습니까?"

"에메랄드 시티로 가고 싶은데 길을 잃어버렸어요."

도로시가 말했다.

"저희가 모셔다드리겠습니다."

우두머리의 말이 끝나자마자 원숭이 두 마리가 도로시를 양쪽에서 잡고 하늘로 날아올랐다. 나머지 원숭이들은 허수아비와 나무꾼, 사자를 잡고 날았다. 토토는 꼬마 원숭이가 잡고 뒤를 따랐는데 그 와중에도 토토는 꼬마 원숭이를 깨물고 싶어 발버둥을 쳤다.

허수아비와 양철 나무꾼은 지레 겁을 먹었다. 날개 달린 원숭이들이 자신들에게 한 못된 행동이 생생히 떠올랐기 때문이다. 하지만 이번에는 별다른 악의가 없다는 것을 깨닫고는 신나게 하늘을 날면서 저 밑으로 보이는 아름다운 정원과 숲을 구경했다.

도로시는 가장 몸집이 큰 원숭이들 사이에서 편하게 날아갔다. 그중 하나는 우두머리 원숭이로 다른 원숭이와 손으로 가마를 만들어 소녀가 다치지 않도록 최대한

주의를 기울였다.

"그런데 원숭이들은 무엇 때문에 황금 모자의 마법에 복종하는 건가요?"

도로시가 물었다.

"그걸 설명하려면 시간이 오래 걸립니다."

우두머리 원숭이가 껄껄 웃으며 말했다.

"하지만 아직 갈 길이 머니 원하시면 에메랄드 시티까지 가는 길에 설명해드리지요."

"그래주면 정말 고맙겠어요."

도로시가 말했다.

"한때는 우리 원숭이들도 자유로운 종족이었습니다. 거대한 숲속에서 나무를 타고 날아다니면서 과일과 열매를 따먹으며, 주인을 모시지 않고 자유롭게 살았습니다. 물론 개중에는 짓궂은 원숭이들도 있었습니다. 땅으로 내려가 날개 없는 동물들의 꼬리를 잡아당기고 새들을 쫓고 숲속에 들어온 사람들에게 열매를 던지기도 했지요. 하지만 그 외에는 별다른 근심 없이 아주 행복하고 재미있게 매 순간을 즐기며 살았지요. 이건 오즈님이 구름 속에서 나타나 이 땅을 지배하기 훨씬 전의 일입니다.

그 당시에는 저 멀리 북쪽 나라에 아름다운 공주가 살고 있었습니다. 공주이면서 매우 뛰어난 힘을 가진 마법사이기도 했지요. 그분은 사람을 돕는 데만 마법을 사용하고 심성이 고운 사람은 절대로 다치게 하지 않았습니다. 그 공주의 이름은 게일레트였고, 거대한 루비로 만든 아름다운 궁전에서 살았지요. 그런데 모두가 공주를 사랑했지만 공주는 자신이 사랑할 상대가 없어 슬퍼했습니다. 게일레트 공주의 미모와 지성에 비해 주변의 남자들은 너무 멍청하고 못생겼기 때문이지요. 그러다 마침내 공주는 잘생기고 남자답고 나이보다 훨씬 현명한 소년을 찾았습니다. 그래서 소년이 자라 어른이 되면 반드시 남편으로 맞이하겠다고 결심했지요. 공주는 소년을 루비 궁전으로 데려가 모든 마법을 동원해서 세상 어느 여자라도 반할 만큼 강하고 선하고 사랑스러운 남자로 만들었습니다. 그 소년의 이름은 퀘랄라였는데, 청년이 되자 온 나라를 통틀어 가장 훌륭하고 똑똑한 남자라는 소문이 자자하게 퍼졌습니다. 뿐만 아니라 남자답기 이를 데 없어 게일레트 공주는 그를 무척 사랑하게 되었고, 서둘러서 혼인할 준비를 마쳤습니다.

당시 저희 조부께서는 게일레트 공주의 궁전 근처 숲에서 사는 날개 달린 원숭이들의 왕이셨습니다. 조부께서는 밥보다 장난치는 걸 좋아하셨는데, 어느 날 다른 원숭이 무리와 날아다니다 우연히 강가를 산책하던 퀘랄라와 마주쳤어요. 그때가 게일레트 공주와 혼인하기 직전이었습니다. 퀘랄라는 분홍색 비단과 보라색 벨벳으로 만든 예복을 입고 있었는데, 그 모습을 본 조부의 장난기가 발동했습니다. 조부는 원숭이 무리에게 퀘랄라를 잡아다 강 한가운데에 빠뜨리라고 지시하고는 이렇게 소리쳤습니다. '어디 헤엄쳐 나와 보지, 잘생긴 친구! 강물 때문에 옷에 얼룩이 생겼는지 확인해보자고!' 퀘랄라는 워낙 영리하고 수영도 잘했습니다. 게다가 좋은 집안에서 자라 성격도 좋은 편이었고요. 그는 호탕하게 웃으면서 강가로 헤엄쳐 나왔습니다. 그런데 때마침 게일레트 공주가 강물에 예복이 홀딱 젖어 못 쓰게 된 것을 보았습니다.

게일레트 공주는 무척 화가 났고, 그런 장난을 친 게 누구인지도 알고 있었습니다. 공주는 날개 달린 원숭이들을 전부 불러 모아 놓고 퀘랄라가 당한 것처럼 원숭이 날개를 전부 묶어 강물에 던지겠다고 말했어요. 그러자 저희 조부께서 간곡히 애원하셨지요. 날개가 묶인 채 강물에 던져지면 우리 원숭이들이 죽을 게 뻔했으니까요. 다행히 퀘랄라가 우리 원숭이들을 감싸주어 공주는 황금 모자의 마법을 거는 선에서 마무리 짓기

로 했습니다. 우리 날개 달린 원숭이들이 황금 모자 주인의 소원을 세 번 들어줘야 한다는 조건을 걸고요. 사실 황금 모자는 퀘랄라에게 결혼 선물로 주려고 마련한 것이었는데, 그걸 만들기 위해 왕국의 절반이라는 엄청난 비용을 지불했다고 합니다. 제 조부와 원숭이들은 게일레트 공주가 제시한 조건을 곧바로 받아들였습니다. 그래서 저희 날개 달린 원숭이들은 누구든 황금 모자를 가진 사람이 부르면 나타나 노예처럼 세 번의 소원을 들어주게 된 것입니다."

"그럼 게일레트 공주와 퀘랄라는 어떻게 되었나요?"

흥미롭게 이야기를 듣던 도로시가 물었다.

"황금 모자의 첫 번째 주인은 퀘랄라였습니다. 그가 말한 첫 번째 소원은 공주가 우리를 보고 싶어 하지 않으니 결혼식이 끝나면 무리를 이끌고 숲속으로 가서 다시는 공주의 눈에 띄지 말고 살아가라는 거였지요. 저희 역시 공주가 무서웠기 때문에 기꺼이 퀘랄라의 명에 따랐습니다. 그런데 퀘랄라의 명령에 따라 그렇게 살아가고 있을 때, 황금 모자가 사악한 서쪽 마녀의 손에 들어가게 되었지요. 마녀는 저희에게 윙키족을 노예로 삼고 오즈님을 서쪽 나라에서 몰아내라고 지시했습니다. 이제 황금 모자는 주인님의 것이니, 저희에게 세 가지 소원을 명령하실 수 있습니다."

도로시는 우두머리 원숭이의 이야기가 끝나자 아래를 내려다보았다. 어느새 초록색으로 빛나는 에메랄드 시티의 성벽이 눈앞에 있었다. 도로시는 날개 달린 원숭이들의 빠른 비행 속도에 감탄했지만, 가장 신나는 것은 여행이 끝났다는 사실이었다. 이 신기한 원숭이들은 도로시 일행을 에메랄드 시티의 성문 앞에 조심스럽게 내려주었다. 우두머리 원숭이는 도로시에게 정중히 인사를 한 뒤 다시 원숭이 무리를 이끌고 하늘로 날아갔다.

"정말 멋진 비행이었어."

소녀가 말했다.

"맞아, 덕분에 골치 아픈 일도 겪지 않았고. 그 멋진 모자를 찾아낸 게 얼마나 다행인지 몰라."

사자가 맞장구를 쳤다.

15
무시무시한 오즈의 정체

　네 명의 여행자는 에메랄드 시티의 거대한 출입구로 다가가 종을 울렸다. 종이 몇 번 울리자 문지기가 성문을 열었다.

　"세상에! 다시 돌아오신 겁니까?"

　문지기가 깜짝 놀라며 물었다.

　"보면 몰라요?"

　허수아비가 대답했다.

　"사악한 서쪽 마녀를 만나러 간 줄 알았는데요."

　"만났어요."

　허수아비가 말했다.

　"그런데도 멀쩡히 돌아왔단 말입니까?"

그가 의아해하며 되물었다.

"마녀도 어쩔 수 없었을 거예요. 완전히 녹아버렸으니까요."

허수아비가 차분히 설명했다.

"녹아버렸다니! 정말 좋은 소식이네요. 대체 누가 그렇게 만든 거죠?"

문지기가 다시 물었다.

"도로시가요."

사자가 진지하게 말했다.

"맙소사, 정말 대단하네요!"

문지기는 감탄을 내뱉었다.

그는 도로시를 향해 감사의 표시로 공손히 인사를 한 뒤 도로시 일행을 작은 방으로 데리고 가 전처럼 커다란 상자를 열고 안경을 꺼내 씌워주었다. 곧이어 에메랄드 시티로 향하는 성문을 지나갔는데, 도로시 일행이 사악한 서쪽 마녀를 녹여버렸다는 소식을 들은 사람들이 하나둘 모여들기 시작하더니 도로시 일행을 따라 오즈의 궁전으로 향했다.

초록색 구레나룻의 병사는 평소처럼 궁전 입구를 지키고 있다 곧바로 일행을 안으로 맞이했다. 도로시 일행은 다시 초록색 아가씨를 만났고, 예전에 잠시 머문 방으로 안내돼 위대한 오즈가 일행을 만날 준비를 마칠 때까지 휴식을 취했다.

초록색 병사는 도로시와 친구들이 사악한 마녀를 없애고 다시 궁전으로 돌아왔다는 소식을 오즈에게 직접 전달했다. 하지만 오즈는 아무 대답도 하지 않았다. 도로시는 위대한 오즈가 곧바로 자신들을 부를 거라고 예상했지만 아무 소식이 없었다. 다음 날도, 그다음 날도, 다다음 날도 오즈는 별다른 기별이 없었다.

기다리다 지친 도로시 일행은 점점 화가 났다. 노예를 부리듯 그렇게 힘든 일을 시켜놓고 이런 식으로 홀대를 하자 짜증도 무척 났다. 결국 기다리다 지친 허수아비가 초록색 아가씨를 불러 자신의 말을 오즈님에게 전해달라고 말했다. 당장 도로시 일행을 만나주지 않으면 날개 달린 원숭이들을 불러 오즈님이 약속을 지키는지 안 지키는지 확인해보겠다는 거였다.

그 소식을 듣고 아연실색한 오즈는 두려움에 떨며 다음 날 아침 9시 4분까지 도로시 일행을 알현실로 데려오라는 전갈을 보냈다. 오즈는 서쪽 나라에서 날개 달린 원숭이들을 본 적이 있기 때문에 다시는 그들과 마주치고 싶지 않았다.

네 친구는 각자 오즈와 약속한 소원을 생각하며 뜬눈

198

으로 밤을 보냈다. 그리고 잠깐 잠이 들었던 도로시는 캔자스로 돌아가서 엠 아주머니를 만나 다시 집에 돌아오게 되어 너무 기쁘다고 말하는 꿈을 꾸었다.

다음 날 아침 정각 9시에 초록색 구레나룻의 병사가 일행을 찾아왔다. 4분 후 다 함께 위대한 오즈의 마법사의 알현실로 들어간 도로시 일행은 오즈가 예전과 같은 모습으로 나타날 거라고 예상했다. 하지만 당황스럽게도 알현실 안에는 아무도 없었다. 도로시와 일행은 문 가까이 서 있었다. 정적이 흐르는 텅 빈 방의 분위기가 예전에 본 오즈의 무시무시한 모습보다 더욱 위협적으로 느껴졌다. 바로 그때 둥근 천장 꼭대기 어딘가에서 근엄한 목소리가 들려왔다.

"나는 위대하고 무시무시한 오즈의 마법사다. 그대는 누구고 왜 나를 찾아왔는가?"

도로시 일행은 다시 알현실 안을 구석구석 살펴봤지만 여전히 아무도 보이지 않았다. 그러자 도로시가 물었다.

"마법사님은 어디에 계신가요?"

"나는 어디에나 존재한다. 하지만 영원히 살 수 없는 자들의 눈에는 내가 보이지 않아. 이제 너희들과 대화를 나눌 수 있도록 왕좌에 앉겠다."

목소리는 왕좌가 있는 쪽에서 들리는 것 같았다. 도로

시 일행은 나란히 왕좌 앞으로 가서 섰다.

"오즈님께서 하신 약속을 지켜달라는 말씀을 드리러 왔습니다."

도로시가 먼저 말했다.

"무슨 약속 말이냐?"

"사악한 서쪽 마녀를 죽이면 저를 캔자스로 돌려보내주신다고 약속하셨잖아요."

소녀가 말했다.

"저에게는 뇌를 준다고 약속하셨습니다."

허수아비가 말했다.

"저에게는 심장을 준다고 약속하셨고요."

양철 나무꾼이 말했다.

"저에게는 용기를 준다고 하셨어요."

겁쟁이 사자도 말했다.

"사악한 마녀가 정말로 죽었느냐?"

오즈의 목소리가 물었다. 도로시의 귀에는 그 목소리가 살짝 떨리는 것처럼 들렸다.

"네, 제가 양동이에 든 물을 부었더니 녹아버렸어요."

"저런, 정말 뜻밖의 소식이구나! 생각할 시간이 조금 필요하니 내일 다시 찾아오도록 해라."

"지금까지 생각할 시간은 충분했을 텐데요!"

양철 나무꾼이 버럭 화를 내며 말했다.

"더는 기다릴 수 없어요!"

허수아비가 말했다.

"저희와 한 약속을 지켜주세요!"

도로시가 외쳤다.

사자는 마법사를 겁줄 요량으로 크게 으르렁거렸다. 그 소리가 어찌나 사나웠는지 놀란 토토가 사자를 피해 도망치려다 구석에 세워둔 가리개를 쓰러뜨렸고, 쿵 소리와 함께 가리개가 바닥으로 넘어지자 모두의 시선이 그쪽으로 쏠렸다. 순간 도로시와 일행은 너무 깜짝 놀라 입이 쩍 벌어지고 말았다. 가리개 뒤쪽에 웬 조그만 노인이 숨어 있었던 것이다. 대머리에 주름이 자글자글한 노인도 도로시 일행만큼이나 놀란 표정이었다. 양철 나무꾼이 도끼를 치켜들더니 노인을 향해 달려들면서 외쳤다.

"당신 누구야?"

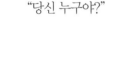

"내가 바로 위대하고 무시무시한 오즈의 마법사다. 제발 도끼로 나를 찍지 마. 이렇게 부탁할게! 너희들이 말하는 건 뭐든 들어주겠다."

조그만 노인이 벌벌 떨며 애걸했다.

도로시 일행은 놀라움과 실망에 휩싸여 노인을 쳐다보았다.

"난 오즈가 커다란 머리인 줄 알았어."

도로시가 말했다.

"난 우아한 부인인 줄 알았어."

허수아비가 말했다.

"난 무서운 맹수인 줄 알았어."

양철 나무꾼이 말했다.

"난 활활 타오르는 불덩이인 줄 알았어."

겁쟁이 사자가 말했다.

"아니, 너희 생각은 다 틀렸어. 내가 그렇게 믿도록 만든 것뿐이야."

조그만 노인이 기어들어가는 목소리로 말했다.

"믿게 만들다니요? 당신이 위대한 마법사가 아니라는 건가요?"

도로시가 큰 소리로 외쳤다.

"쉿, 제발 목소리 좀 낮춰. 그렇게 큰 소리로 떠들다

가 다른 사람이 들으면
난 끝장이야. 난 위대한 마법사 오즈
여야만 하니까."

노인이 말했다.

"그런데 위대한 마법사가 아니라는 거죠?"

도로시가 물었다.

"그래, 난 마법사가 아니야. 그저 평범한 사람이란다."

"아니요, 평범하지 않아요. 당신은 사기꾼이니까요!"

허수아비가 차가운 목소리로 쏘아붙였다.

"그래, 맞는 말이야. 나는 사기꾼이란다."

조그만 노인은 그제야 마음이 놓인다는 듯 손바닥을 비비며 말했다.

"그렇지만 너무하잖아요. 그럼 나는 어떻게 심장을 얻어야 하죠?"

양철 나무꾼이 물었다.

"나는 어떻게 용기를 얻어야 하죠?"

사자가 물었다.

"나는 어떻게 뇌를 얻을 수 있죠?"

허수아비가 옷으로 눈물을 닦으며 말했다.

"우리 귀여운 친구들, 제발 그런 사소한 이야기는 접어두자. 내 생각도 해줘야지. 만약 내 정체가 밝혀지면 얼마나 끔찍한 일이 벌어질지 아무도 모른단다."

"정말로 이해가 안 돼요. 그렇다면 제 앞에는 어떻게 커다란 머리로 나타났던 거죠?"

도로시가 의아해하며 물었다.

"내가 속임수를 썼으니까. 이쪽으로 오렴, 내가 어떻게 했는지 알려주마."

노인이 말했다.

오즈는 알현실 뒤에 있는 작은 방으로 도로시와 친구

들을 안내했다. 방 한쪽 구석에는 두꺼운 종이로 만든 마술 도구들이 놓여 있고, 교묘하게 색칠을 한 커다란 얼굴도 보였다.

"이걸 줄에 매달아 천장에 걸어놓은 뒤 가리개 뒤에 서서 줄을 잡아당기며 눈과 입이 움직이도록 했단다."

"그러면 목소리는 어떻게 한 거죠?"

도로시가 물었다.

"아, 내가 복화술을 할 줄 알거든. 그래서 어디서든 목소리가 들리게 할 수 있어. 그러니 너는 머리에서 목소리가 나오는 거라고 착각했겠지. 여기 너희들을 속일 때 사용한 도구들이 있단다."

오즈는 우아한 부인으로 변신했을 때 입은 드레스와 가면을 보여주었다. 그리고 양철 나무꾼이 만난 무서운 짐승의 정체는 여러 장의 가죽을 덧대 팔에 구멍을 뚫어놓은 것에 불과했다. 이글이글 타오르는 불덩이 역시 가짜 마법사가 천장에 매달아놓은 거였다. 솜으로 커다란 뭉치를 만들고 기름을 부어 불을 붙이면 이글이글 타오르는 불덩이처럼 보였던 것이다.

"고작 이런 속임수나 쓰다니, 정말로 부끄러운 줄 아셔야 해요."

허수아비가 말했다.

"그래, 정말 부끄럽단다. 하지만 내가 할 수 있는 게 이것뿐이었어. 잠시 앉아보렴. 여기 의자가 많으니까. 너희들에게 나의 이야기를 들려주고 싶구나."

조그만 노인이 구슬픈 목소리로 말했다. 도로시 일행은 의자에 앉아 노인의 말에 귀를 기울이기 시작했다.

"나는 오마하에서 태어났어⋯⋯."

"어머, 캔자스에서 그리 멀지 않은 곳이네요!"

도로시가 외쳤다.

"맞아. 하지만 이곳에서는 아주 멀지."

오즈가 슬픈 표정으로 고개를 저으며 말을 이었다.

"어른이 되면서 나는 복화술사가 되었단다. 훌륭한 스승 밑에서 배웠기 때문에 웬만한 새나 동물 목소리는 모두 흉내 낼 수 있었지."

그 말과 함께 오즈가 새끼 고양이 소리를 내자 토토는 정말로 고양이가 나타난 줄 알고 귀를 쫑긋 세우며 주위를 둘러보았다.

"그리고 한참 시간이 흐른 뒤에는 복화술이 지겨워서 열기구를 타게 되었지."

"그게 뭔데요?"

도로시가 물었다.

"서커스 공연을 할 때 열기구를 타고 하늘 높이 올라

206

가 돈을 내고 서커스를 보러 올 관객을 끌어 모으는 일을 하는 거란다."

"아, 뭔지 알겠어요."

도로시가 말했다.

"그러던 어느 날, 열기구를 타고 하늘로 올라갔는데 줄이 꼬이는 바람에 다시 바닥으로 내려갈 수가 없게 되었어. 그렇게 둥실둥실 하늘로 올라가 기류에 휩쓸려서 수천 마일 넘게 떨어진 먼 곳까지 오게 된 거야. 하루를 꼬박 난 뒤 다음 날 아침에 눈을 떠보니 내가 탄 열기구가 난생처음 보는 아름다운 나라 위를 떠다니고 있더구나.

열기구는 천천히 아래로 내려갔고, 덕분에 나는 몸을 하나도 다치지 않았어. 문제는 주변에 온통 낯선 사람들이 모여들게 되었다는 거야. 그 사람들은 구름 사이를 뚫고 나타난 나를 위대한 마법사로 생각했지. 나는 그들이 마음대로 생각하도록 내버려두었단다. 그 생각 때문에 다들 나를 두려워하고 내가 시키는 대로 뭐든 하겠노라고 말했으니까.

나는 이 상황이 재미있었어. 그래서 이 선량한 사람

들을 정신없게 만들 요량으로 이 도시와 궁전을 지으라고 시켰지. 다들 기쁜 마음으로 즐겁게 일하더구나. 그 모습을 보니 이 나라는 초록색이 많고 아름다우니까 '에메랄드 시티'라 부르고, 모든 사람에게 초록색 안경을 씌우면 세상이 다 초록색으로 보일 테니 더욱 제격이겠다는 생각이 들었지."

"에메랄드 시티의 모든 것이 초록색 아닌가요?"

도로시가 물었다.

"아니, 여기도 다른 도시와 다를 바 없단다. 하지만 너희처럼 초록색 안경을 쓰고 있으면 모든 게 초록색으로 보이게 마련이지. 에메랄드 시티는 아주 오래전에 지은 곳이야. 이제는 늙어빠진 노인네가 되었지만, 열기구를 타고 처음 이곳에 왔을 때는 나도 창창한 젊은이였단다. 하지만 이곳 사람들은 오랜 시간을 초록색 안경을 쓰고 살았기 때문에 이곳이 정말로 에메랄드 시티라고 믿고 있어. 물론 갖가지 보석과 비싼 귀금속이 넘쳐나니 아름다운 곳임은 틀림없지. 나는 이곳 사람들에게 선행을 베풀었고, 그래서 다들 나를 좋아한단다. 하지만 궁전을 세운 후로는 아무에게도 모습을 보이지 않고 꼭꼭 숨어서 지냈지.

내가 가장 두려워한 건 마녀들이었어. 난 마법을 부

릴 힘이 없는데, 마녀들에게는 진짜 놀라운 일을 할 수 있는 힘이 있다는 것을 알았거든. 이 나라에는 총 네 명의 마녀가 있었고, 각자 동서남북에 흩어져 자기만의 백성을 거느리고 살았단다. 다행히 북쪽 마녀와 남쪽 마녀는 심성이 선해 나에게 해를 끼칠 일이 없었지. 하지만 동쪽 마녀와 서쪽 마녀는 정말 사악해서, 내가 그들보다 힘이 약하다는 것을 알았다면 분명 가차 없이 해치려고 들었을 거야. 그래서 나는 오랜 세월을 사악한 마녀들을 두려워하며 살았단다. 그러니 네 집이 사악한 동쪽 마녀의 몸 위로 떨어졌다는 소식을 듣고 내가 얼마나 기뻤을지 상상이 되겠지. 너희들이 나를 찾아왔을 때 나는 사악한 서쪽 마녀만 죽이면 무슨 소원이든 모두 들어주겠다고 약속했어. 그런데 이제 서쪽 마녀가 녹아서 없어졌는데도 내가 약속을 지킬 능력이 없으니, 부끄럽지만 너희들에게 솔직히 고백하지 않을 수가 없구나."

"당신은 정말로 나쁜 사람이군요."

도로시가 말했다.

"아, 아니야! 그건 아니란다. 난 착한 사람이야, 그저 아무 힘이 없는 마법사일 뿐이지."

"그러면 저에게 뇌를 줄 수 없다는 건가요?"

허수아비가 물었다.

"너에게는 뇌가 필요하지 않아. 매일 뭔가를 배워가고 있으니까. 갓난아기는 뇌를 가지고 있지만 아는 건 하나도 없어. 누구나 경험을 통해 지식을 얻게 마련이니까. 앞으로 살아가면서 훨씬 더 많은 경험을 하게 될 테고, 그것을 통해 많은 것을 배우게 될 거야."

"그것도 맞는 말이에요. 하지만 당신이 저에게 뇌를 줄 수 없다면 저는 매우 불행해질 수밖에 없겠네요."

허수아비가 말했다.

"그래, 내가 정말 형편없는 마법사인 건 분명해. 하지만 내일 아침에 다시 나를 찾아오면 뇌를 넣어줄게. 다만 뇌를 사용하는 방법까지는 알려줄 수 없으니 그건 스스로 찾아내야 해."

"아, 감사합니다! 정말 감사해요! 뇌를 사용하는 방법은 제 힘으로 알아낼 테니 걱정 마세요!"

허수아비가 신이 나서 외쳤다.

"그럼 제 용기는 어쩌고요?"

사자가 초조한 표정으로 물었다.

"너는 이미 충분한 용기를 가지고 있단다. 다만 너에게 필요한 건 자신감이야. 살아 있는 생명체라면 누구나 위험에 직면했을 때 두려움을 느낀단다. 진짜 용기는 그 두려움을 딛고 위험에 맞서는 거지. 내가 보기에 너는 그런 용기를 이미 충분히 가지고 있어."

"그럴지도 모르죠. 하지만 겁이 나는 건 마찬가지예요. 당신이 나에게 그 두려움을 잊을 만큼의 용기를 주지 않는다면 저는 무척 불행해질 거예요."

사자가 말했다.

"좋아, 그러면 내일 너에게 그 용기를 주도록 하마."

오즈가 대답했다.

"그럼 제 심장은요?"

양철 나무꾼이 물었다.

"아, 그건 말이지. 일단 심장을 원한다는 자체부터가 잘못된 생각인 것 같구나. 보통 사람들은 심장 때문에 불행해지니까. 네가 그 사실을 안다면 심장이 없는 것이 오히려 행운이라는 것을 깨달을 수 있을 텐데."

"물론 그렇게 생각하실 수도 있죠. 하지만 제 입장에서는 당신이 심장을 준다면 어떤 불평도 하지 않고 모든 불행을 견딜 수 있을 것 같은걸요."

"좋아, 알았다. 그렇다면 내일 나를 찾아오렴, 너에게 심장을 줄 테니까. 지금까지 마법사 흉내를 내며 살았는데, 조금 더 한다고 해도 별문제는 없겠지."

"그럼 저는요? 저는 어떻게 캔자스로 돌아가야 하나요?" 도로시가 물었다.

"그 문제는 조금 더 생각을 해보자꾸나. 내게 이삼일 정도만 시간을 줘. 그러면 너를 다시 사막 위로 보낼 방법을 찾아볼 테니까. 그때까지는 손님 대접을 받으면서 지내도록 하렴. 궁전에서 지내는 동안은 내 백성들이 너희를 위해 무엇이든 도와줄 준비가 되어 있으니까. 대신 한 가지만 부탁하고 싶구나. 부디 내 비밀을 지켜다오. 누구에게도 내가 사기꾼 마법사라는 사실을 이야기하지 않았으면 좋겠다."

도로시와 친구들은 절대로 비밀을 누설하지 않겠다고 약속하고 한껏 들뜬 마음으로 숙소로 돌아왔다. 우리의 도로시마저도 '위대하고 무시무시한 사기꾼'이 자신을 캔자스로 돌려보낼 방법을 찾아내기만 바랐다. 만약 그럴 수만 있다면, 오즈가 저지른 모든 행동을 기꺼이 용서해주겠다고 생각했다.

16
위대한 사기꾼의 마술

다음 날 아침, 허수아비가 친구들에게 말했다.

"얘들아, 나를 축하해줘. 드디어 오즈에게 뇌를 받으러 가게 되었어. 돌아올 때는 나도 다른 사람들처럼 되어 있을 거야."

"난 예전의 네 모습도 항상 좋아했어."

도로시가 솔직하게 말했다.

"허수아비를 좋아해주다니, 넌 정말 다정한 친구야. 하지만 새로운 뇌가 생겨 근사한 생각들이 쏟아져 나오는 걸 보면 나를 새롭게 보게 될 거야."

허수아비는 들뜬 마음으로 친구들에게 인사를 하고 알현실로 가서 문을 두드렸다.

"들어오렴."

오즈가 말했다.

허수아비가 알현실로 들어가니 조그만 노인이 뭔가 생각에 잠긴 채 창가에 앉아 있었다.

"저기, 뇌를 얻으러 왔는데요."

허수아비가 상기된 목소리로 말했다.

"아, 그래. 일단 의자에 앉으렴. 먼저 네 머리를 떼어 내야 한다는 점을 양해해주면 좋겠구나. 머릿속에 뇌를 넣으려면 다른 수가 없으니 말이다."

"괜찮아요, 얼마든지 떼어내세요. 더 좋은 머리가 생긴다면야 그 정도는 상관없어요."

허수아비가 말했다.

오즈는 허수아비의 머리를 떼서 그 안에 든 지푸라기를 전부 꺼냈다. 그런 다음 뒷방으로 가서 왕겨와 핀, 바늘을 잔뜩 섞은 뭉텅이를 머릿속에 넣고 지푸라기와 뭉텅이가 잘 섞이도록 이리저리 흔든 뒤 남은 공간에 지푸라기를 채워 넣었다.

오즈는 허수아비의 몸통에 이 머리를 다시 이어 붙이고 말했다.

"이제부터 너는 아주 훌륭한 사람이 될 거야. 내가 새 뇌를 가득 채워주었으니까."

허수아비는 오랫동안 바랐던 염원이 이루어지자 기쁘고 또 으쓱해져서 오즈에게 감사의 인사를 전하고 친구들에게 달려갔다.

도로시는 호기심에 가득 차서 허수아비를 쳐다보았다. 뇌가 들어 있어서인지 윗부분이 불룩 튀어나와 보였다.

"기분이 어때?"

소녀가 물었다.

"뭔가 똑똑해진 느낌이야. 앞으로 뇌에 익숙해지면 모든 걸 알게 되겠지."

"그런데 왜 머리에 바늘이랑 핀이 잔뜩 튀어나와 있는 걸까?"

양철 나무꾼이 물었다.

"그만큼 날카로운 뇌를 가졌다는 증거겠지."

사자가 말했다.

"그럼 나도 오즈한테 가서 심장을 달라고 해야겠다."

양철 나무꾼은 이렇게 말하고 알현실로 가서 문을 두드렸다.

"들어오렴."

오즈의 대답에 양철 나무꾼은 알현실 안으로 들어갔다.

"심장을 얻으러 왔습니다."

"그래, 잘 왔다. 그런데 심장을 넣으려면 네 몸통에 구멍을 내야 하는데 어쩐다. 아프지 않았으면 좋겠구나."

"아, 괜찮습니다. 어차피 아무것도 느낄 수 없으니까요."

양철 나무꾼이 대답했다.

오즈는 양철공들이 사용하는 가위를 가지고 와 양철 나무꾼의 가슴 부분에 작고 네모난 구멍을 뚫은 다음 서랍장에서 톱밥을 채운 비단으로 만든 예쁜 심장을 꺼냈다.

"정말 아름답지 않니?"

오즈가 물었다.

"와, 정말 그러네요!"

양철 나무꾼이 너무나 기뻐하며 대답했다.

"그런데 그 심장은 따뜻하고 친절한가요?"

"오, 물론이지!"

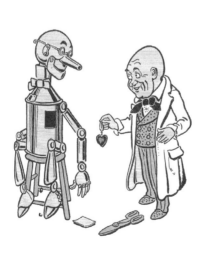

오즈가 대답했다.

그는 양철 나무꾼의 몸통에 심장을 넣고 네모로 잘라낸 부위를 말끔히 땜질했다.

"자, 이제부터 너는 누구라도 부러워할 심장을 가지게 되었단다. 몸통에 땜질을 해서 정말 미안하지만, 나도 어쩔 수가 없었어."

"그런 건 신경 쓰지 마세요. 정말로 감사드립니다. 제게 베푼 은혜는 절대로 잊지 않겠어요."

양철 나무꾼이 말했다.

"그런 말은 하지 않아도 돼."

오즈가 대답했다.

양철 나무꾼은 곧바로 자신에게 행운을 빌어준 친구들에게 돌아갔다.

다음으로 사자가 알현실로 찾아가 문을 두드렸다.

"들어오렴."

오즈가 말했다.

"용기를 얻으러 왔습니다."

사자가 알현실로 들어서면서 말했다.

"좋아, 너를 위해 준비한 것이 있단다."

오즈는 찬장으로 가서 제일 높은 선반에 있던 초록색 병을 꺼낸 다음 아름다운 조각이 새겨진 초록색과 금색 그릇에 병에 든 액체를 부었다. 오즈가 접시를 내밀자 겁쟁이 사자는 뭔가 꺼림칙한 듯 코를 대고 킁킁 냄새를 맡았다. 그러자 오즈가 말했다.

"마시렴."

"이게 뭡니까?"

사자가 물었다.

"이걸 마시면 네 몸속에 용기를 불어넣어줄 거야. 너도 알다시피 용기란 마음속에 있는 거라 이걸 마시기 전까지는 '용기'라고 부를 수 없겠지. 그저 최대한 빨리 이

걸 마시라는 말밖에 달리 조언해줄 것이 없구나.”

그러자 사자는 더 이상 주저하지 않고 접시를 깨끗이
비웠다.

“그래 기분이 어떠냐?”

오즈가 물었다.

“정말 용기가 넘치네요!”

사자가 대답했다.

사자는 신이 나서 친구들에게 달려가 이 기쁜 소식을
전했다.

드디어 혼자 남은 오즈는 허수아비와 양철 나무꾼, 그
리고 사자가 원하는 모든 바람을 들어주는 데 성공했다
고 생각하며 빙그레 미소를 지었다. 그는 조용히 혼잣말
을 했다.

“누가 봐도 불가능한 일을 자꾸 해달라고 조르니, 내
가 사기꾼이 되지 않을 도리가 없지 않겠어? 허수아비와
사자, 그리고 양철 나무꾼을 행복하게 만드는 건 그리
어렵지 않았어. 내가 뭐든 할 수 있다고 굳게 믿었으니
까. 하지만 도로시를 캔자스로 돌려보낼 방법을 찾으려
면 상상 이상의 무언가가 필요해. 어떻게 해야 할지 나
도 잘 모르겠군.”

17
오즈는 어떻게 열기구를 띄웠나

그로부터 사흘이 흘렀지만 도로시는 오즈로부터 아무 말도 듣지 못했다. 다른 친구들은 모두 행복하고 만족스러운 기분이었지만 도로시에게는 참으로 슬픈 나날이었다. 허수아비는 계속 멋진 생각이 떠올랐지만 자기 말고 다른 사람들은 이해할 수 없을 것들이라 굳이 입 밖으로 꺼내지는 않았다. 양철 나무꾼은 걸음을 옮길 때마다 가슴 쪽에서 심장이 흔들리는 것을 느낄 수 있다며, 자신이 살로 만들어졌을 때보다 훨씬 더 따뜻하고 부드러운 마음을 가지게 된 것 같다고 말했다. 사자는 이제 이 세상에 두려울 것이 없다며, 수천만의 군사, 아니 사나운 칼리다 무리가 몰려온다고 해도 당당히 맞서 싸울 준비가 되어 있다고 했다.

이렇게 도로시만 빼고 다들 만족한 상태였고, 도로시는 그 어느 때보다 캔자스로 돌아가고 싶은 마음이 간절했다.

그런데 꼭 나흘째 되던 날, 오즈로부터 전갈이 도착했다. 도로시는 뛸 듯이 기뻐하며 알현실로 들어갔다.

오즈가 반가운 목소리로 도로시를 맞았다.

"이쪽으로 앉으렴, 아가. 너를 이 나라에서 떠나게 할 방법을 찾은 것 같구나."

"그럼 캔자스로 돌아갈 수 있는 건가요?"

도로시가 물었다.

"글쎄다, 확실히 캔자스로 갈 수 있다고 장담하진 못하겠구나. 나도 캔자스가 어디 붙어 있는지 잘 모르니까. 하지만 먼저 사막을 건너는 것이 중요해. 그러면 너희 집으로 돌아가는 길을 쉽게 찾을 수 있을 게다."

오즈가 대답했다.

"사막을 어떻게 건너야 하죠?"

도로시가 물었다.

"일단 내 생각을 한번 들어보렴. 너도 알다시피 나는 오래전에 열기구를 타고 이 나라에 왔단다. 너 역시 회오리바람에 휩쓸려서 이곳까지 날아왔고. 그러니까 사막을 건너는 가장 좋은 방법은 다시 하늘을 나는 거야. 하지만 나에겐 회오리바람을 일으킬 능력이 없단다. 그래서 곰곰이 생각해봤는데, 내가 열기구를 만들 수는 있을 것 같구나."

"어떻게요?"

도로시가 되물었다.

"일단 비단으로 커다란 풍선을 만든 다음 가스가 빠져나가지 않도록 그 안에 단단히 풀칠을 하는 거야. 궁전에 비단이 넘쳐나니까 풍선을 만드는 데는 무리가 없을 게다. 문제는 이 나라 어디에도 풍선을 띄울 때 사용할 가스가 없다는 거지."

"하늘에 뜨지 않으면 아무 소용이 없잖아요."

도로시가 말했다.

"맞아. 하지만 풍선을 띄울 다른 방법이 있단다. 뜨거운 공기를 채우는 거야. 물론 가스만은 못 하겠지만······ 뜨겁던 공기가 차가워지면 열기구가 사막 한가운데로 떨어질 거야. 그럼 우리는 길을 잃게 되겠지."

"우리라고요? 저랑 함께 가실 건가요?"

도로시가 깜짝 놀라며 물었다.

"그래, 물론이지! 이제 사기꾼 노릇을 하는 데도 신물이 났단다. 내가 궁전 밖으로 나가면 우리 백성들도 내가 마법사가 아니었다는 것을 깨닫게 될 거야. 그러면 나한테 속은 걸 알고 화를 내겠지. 그래서 매일 방문을 닫고 처박혀 지냈는데 이제는 이 짓도 지긋지긋해. 차라리 너와 함께 캔자스로 돌아가 다시 서커스나 하면서 사는 게 훨씬 나을 것 같구나."

"저와 함께 가주신다면 너무 감사한 일이죠."

도로시가 말했다.

"고맙구나. 자, 이제 풍선을 만들어야겠다. 옆에서 비단 천 엮는 것을 도와주지 않겠니?"

오즈의 말이 끝나자 도로시는 바늘과 실을 들고 오즈가 적당한 크기로 비단을 자르면 그걸 바느질해 탄탄히 이어 붙였다. 처음에는 초록색 비단, 그다음에는 진한 초록색 비단, 그리고 에메랄드빛 비단을 이으며 바느질했다.

오즈는 각기 다른 빛깔을 내는 천들을 엮어 풍선을 만들고 싶어 했다.

그렇게 비단 조각을 이어 붙이는 데만 꼬박 사흘이 걸렸고, 마침내 6미터가 훌쩍 넘는 커다란 초록색 비단 열기구가 완성되었다. 오즈는 공기가 새어나가지 않도록 안쪽에 얇게 풀을 펴 바르는 작업이 끝나자 열기구가 완성되었다고 말했다.

"자, 이제 우리가 타고 갈 커다란 바구니가 필요하겠구나."

오즈는 초록색 구레나룻의 병사를 불러 제일 큰 빨래 바구니를 가지고 오라고 지시했다. 그러고는 열기구 아래쪽에 여러 개의 밧줄을 매고 바구니를 연결했다.

모든 준비가 끝나자 오즈는 백성들에게 구름 속에 사는 위대한 마법사 형제를 방문하러 갈 거라고 알렸다. 그 소식은 순식간에 에메랄드 시티에 퍼졌고, 모두가 이 놀라운 광경을 구경하기 위해 모여들었다.

오즈는 열기구를 궁전 앞으로 옮기라고 지시했고, 백성들은 호기심에 가득 찬 눈빛으로 열기구를 지켜보았다. 양철 나무꾼은 미리 장작을 패서 산더미처럼 쌓아두었다가 불을 붙였고, 오즈는 바닥에 있던 풍선을 불 위로 들어 올려 뜨거운 공기가 비단 주머니 안으로 들어가게 했다. 마침내 풍선이 서서히 부풀어 오르면서 하늘로 둥실둥실 떠올랐고 바구니만 바닥에 닿을락 말락 한 상태가 되었다.

먼저 바구니에 올라탄 오즈가 큰 소리로 에메랄드 시티 백성들을 향해 소리쳤다.

"이제 나는 마법사 형제를 만나러 가겠노라. 내가 없는 동안 허수아비가 너희를 다스릴 것이다. 나에게 복종했듯이 허수아비의 말에 복종하도록 하라."

이제 열기구는 밧줄이 팽팽해질 정도로 부풀어 올랐다. 바깥의 차가운 공기보다 열기구 속에 든 뜨거운 공기가 훨씬 가벼웠기 때문이다. 마침내 열기구가 하늘로 막 떠오르려 하자 오즈가 외쳤다.

"도로시, 어서 타렴! 서두르지 않으면 열기구가 이대로 날아가고 말 거야!"

"토토가 없어졌어요!"

도로시는 토토를 두고 혼자 떠나고 싶지 않았다. 토토가 새끼 고양이를 쫓느라 근처에 모인 사람들 사이로 뛰어가 버린 것이었다. 마침내 토토를 찾은 도로시는 열기구 쪽으로 부리나케 달려갔다.

열기구와 몇 걸음 남긴 거리까지 갔을 때 오즈가 도로시를 바구니에 태우기 위해 손을 내밀었다. 그런데 바로 그때 밧줄이 뚝 끊기면서 열기구가 하늘 높이 떠올랐다.

"돌아와요! 저도 함께 가고 싶단 말이에요!"

도로시가 외쳤다.

"그러고 싶지만 돌아갈 수가 없단다. 아가! 잘 있어라!"

오즈가 바구니 안에서 외쳤다.

"잘 가세요!"

백성들이 소리치며 마법사가 탄 바구니를 바라보았다. 열기구는 점점 더 하늘 높이 떠올랐다.

이것이 위대한 마법사 오즈의 마지
막 모습이었다. 그 후 누구도 오즈를
볼 수 없었다. 아마도 오즈는 오마하에
무사히 도착해 지금까지 그곳에 살고 있
을 것이다. 하지만 에메랄드 시티의 백성들
은 지금까지도 그에 대한 좋은 기억을 간직한 채 이렇게
얘기하곤 했다.

"오즈는 우리의 진정한 친구였어. 이곳에 와서 우리를
위해 에메랄드 시티를 만들었고, 비록 지금은 떠났지만
우리 백성들을 다스릴 허수아비를 남겨주셨으니까."

위대한 마법사가 떠난 지 한참이 지났지만, 에메랄드
시티의 백성들은 여전히 그가 떠나버린 사실을 슬퍼했
고, 그 슬픔은 무엇으로도 달랠 수 없었다.

18
남쪽 나라를 향해서

　캔자스로 돌아갈 희망을 잃은 도로시는 서러움에 북받쳐 엉엉 울었다. 하지만 다시 생각해보면 열기구에 타지 않은 것이 다행이다 싶기도 하고, 한편으로는 오즈를 볼 수 없다는 사실이 슬프기도 했다. 도로시의 친구들도 비슷한 심정이었다.
　양철 나무꾼이 도로시에게 다가와 말했다.
　"내게 이렇게 멋진 심장을 준 사람을 잃고도 슬퍼하지 않는다면 나는 고마운 것도 모르는 파렴치한일 거야. 만약 내 몸이 녹슬지 않도록 네가 눈물을 닦아준다면, 오즈를 위해 눈물을 흘리고 싶어."
　"당연히 닦아줘야지."

도로시는 곧바로 수건을 가져왔다. 그러자 양철 나무
꾼은 몇 분간 흐느꼈고, 도로시는 그 모습을 지켜보고
있다가 수건으로 눈물을 닦아주었다. 울음을 그친 양철
나무꾼은 도로시에게 고맙다는 인사를 한 뒤 보석으로
장식된 기름통을 꺼내 자신의 몸 구석구석에 발랐다.

이제 허수아비는 에메랄드 시티의 왕좌에 올랐다. 비
록 마법사는 아니었지만 백성들은 모두 그를 자랑스러
워했다.

"왜냐하면 말이야, 지푸라기 인간이 다스리는 도시는
이 세상 어디에도 없을 테니까."

그들이 아는 한 그랬고, 실제로도 그랬다.

오즈를 태운 열기구가 하늘로 사라지고 난 다음 날 아
침, 네 명의 여행자는 알현실에 모여 여러 가지 문제를
논의했다. 허수아비는 커다란 왕좌에 앉아 있고 나머지
친구들은 예의를 갖추어 그 앞에 서 있었다.

"이 궁전과 에메랄드 시티가 우리 것이 되었으니 그렇
게 불운한 것도 아니야. 앞으로는 우리가 원하는 건 뭐
든 할 수 있잖아. 불과 얼마 전까지만 해도 나는 농부의
옥수수 밭 장대에 매달린 신세였는데, 이제 이 아름다운
에메랄드 시티의 통치자가 되었잖아. 난 이런 행운을 얻
은 것이 정말로 마음에 들어."

"나 역시 그래. 새로 얻은 심장이 정말로 마음에 들어. 내가 세상에서 바란 건 심장뿐이었으니까."

양철 나무꾼이 덧붙였다.

"나로 말하면, 내가 세상에서 가장 용감하지는 않더라도 그 누구 못지않게 용감해졌다는 사실이 너무나 기뻐."

사자가 겸손하게 말했다.

"도로시만 에메랄드 시티에 사는 것에 만족하면 우리 모두 행복할 수 있을 텐데."

허수아비가 말했다.

"하지만 나는 여기서 살고 싶지 않아. 캔자스로 돌아가서 엠 아주머니와 헨리 아저씨랑 살고 싶어."

도로시가 말했다.

"그럼 어떻게 해야 할까?"

양철 나무꾼이 물었다.

허수아비는 방법을 궁리해보겠다고 말했다. 그가 어찌나 열심히 집중했던지 뇌에 든 바늘과 핀들이 밖으로 삐죽삐죽 튀어나올 정도였다. 마침내 허수아비가 말했다.

"날개 달린 원숭이를 부르는 게 어떨까? 너를 사막 건너편까지 데려다달라고 부탁하면 되잖아?"

"미처 그 생각을 못 했네! 그러면 되겠구나. 당장 가서 황금 모자를 가져와야겠어."

도로시가 뛸 듯이 기뻐하며 말했다.

황금 모자를 가지고 알현실로 돌아온 소녀는 마법의 주문을 외우기 시작했다. 그러자 곧바로 날개 달린 원숭이들이 활짝 열린 창문으로 날아와 소녀 옆에 섰다.

"두 번째로 저희를 부르셨군요. 무엇을 도와드리면 되겠습니까?"

우두머리 원숭이가 소녀에게 절을 하고 말했다.

"나를 캔자스까지 데려다줘."

도로시가 말했다. 하지만 날개 달린 우두머리 원숭이는 고개를 가로저었다.

"그건 불가능합니다. 저희는 이 나라에 속해 있기 때문에 다른 곳으로는 날아갈 수 없습니다. 날개 달린 원숭이가 캔자스에 간 적은 지금까지 한 번도 없었고, 앞으로도 영원히 그럴 겁니다. 우리 날개 달린 원숭이가 속한 곳은 캔자스가 아니기 때문입니다. 저희 능력이 닿는 한도 내에서는 어떻게든 도와드리겠지만, 사막을 건너는 것은 불가능합니다. 그럼 안녕히 계십시오."

우두머리 원숭이는 도로시에게 절을 한 후 날개를 활짝 펴고 창문으로 날아갔다. 다른 원숭이들도 그의 뒤를 따랐다.

너무나 실망한 나머지 금방이라도 울음을 터뜨릴 것

같은 표정으로 도로시가 말했다.

"괜히 황금 모자의 마법만 낭비했잖아. 날개 달린 원숭이들도 나를 도와줄 수 없다니!"

"정말로 안 된 일이야!"

따뜻한 심장을 가진 양철 나무꾼이 말했다.

허수아비는 다시 생각에 잠겼다. 그의 머리가 어마어마하게 부풀어 올라 머리가 터지면 어쩌나 걱정이 될 정도였다.

"그러면 초록색 구레나룻의 병사를 불러 조언을 구해보는 게 어떨까?"

한참을 생각하던 허수아비가 말했다.

얼마 후 허수아비의 부름을 받은 병사가 잔뜩 겁에 질려 알현실로 들어왔다. 오즈가 있을 때는 알현실 안으로 들어오는 것이 단 한 번도 허락되지 않았기 때문이다.

"여기 어린 소녀가 사막을 건너고 싶어 하는데 무슨 방법이 없겠느냐?"

허수아비가 물었다.

"저로서는 대답하기 어렵습니다. 오즈님을 제외하고는 그 누구도 사막을 건넌 적이 없기 때문입니다."

"그렇다면 저를 도와줄 분이 아무도 안 계신 건가요?"

도로시가 애타는 심정으로 다시 물었다.

"글린다라면 도와줄 수 있을지 모릅
니다."

병사가 말했다.

"글린다가 누구냐?"

허수아비가 물었다.

"남쪽 마녀입니다. 마녀들 중에서 가장
힘이 센 마녀로, 쿼들링족을 다스
리고 있지요. 게다가 남쪽 마녀의 성은 사
막의 끝자락에 붙어 있어 사막을 건너는
방법을 알고 있을지도 모릅니다."

"글린다는 착한 마녀인 거죠?"

소녀가 다시 물었다.

"쿼들링족은 그녀가
착하다고 생각합니다.
모든 이에게 친절하기도
하고요. 또 글린다는 매우 아름다운 여성으
로 나이가 꽤 많은데도 젊음을 유지하는 비
법을 알고 있다고 들었습니다."

"글린다의 성까지는 어떻게 가야 하죠?"

도로시가 물었다.

"남쪽으로 길이 나 있습니다. 하지만 그

길엔 온갖 위험이 도사리고 있지요. 숲속에는 맹수들이 우글거리고, 낯선 자들이 자신의 영토를 침범하는 것을 죽도록 싫어하는 특이한 부족들도 있다고 합니다. 그래서 퀴들링족 중 그 누구도 에메랄드 시티까지 오지 못했고요."

말을 마친 병사가 알현실 밖으로 나가자 허수아비가 말했다.

"물론 위험을 감수해야겠지만, 도로시가 남쪽 나라로 가서 글린다에게 도움을 청하는 것이 최선인 것 같아. 여기서 계속 살다 보면 영영 캔자스로 돌아갈 수 없을 거야."

"다시 생각을 해본 거로구나."

양철 나무꾼이 말했다.

"물론이지."

허수아비가 대답했다.

"난 도로시랑 같이 갈래. 도시에 사는 것도 슬슬 지겨워졌고, 숲이랑 시골 풍경도 그리워. 너희들도 알다시피 나는 야생 동물이잖아. 게다가 도로시를 지켜줄 누군가가 필요해."

사자가 말했다.

"맞는 말이야. 내 도끼가 도로시에게 도움이 될 거야.

그러니까 나도 도로시를 따라서 남쪽 나라로 가야겠어."

양철 나무꾼이 말했다.

"그럼 우리 언제 출발할까?"

허수아비가 물었다.

"너도 같이 가려고?"

모두가 놀란 목소리로 말했다.

"당연하지. 도로시가 없었다면 나는 영원히 뇌를 얻지 못했을 거야. 옥수수 밭 장대에 매달려 있던 나를 구해 에메랄드 시티로 데려왔잖아. 내 행운은 모두 도로시 덕분이야. 그러니까 도로시가 캔자스로 무사히 돌아갈 때까지 도로시의 곁을 지켜주어야지."

"고마워. 너희 모두가 나를 진심으로 아끼는구나. 나는 최대한 빨리 남쪽 나라로 가고 싶어."

도로시가 말했다.

"내일 아침에 출발하자. 그리고 아주 긴 여행이 될 테니까 모두 준비도 단단히 하고."

허수아비가 말했다.

19
싸움꾼 나무의 공격

다음 날 아침, 도로시는 어여쁜 초록색 아가씨에게 작별 키스를 건넸고, 나머지 일행은 초록색 구레나룻의 병사와 작별의 악수를 나누었다. 병사는 도로시 일행을 문 앞까지 바래다주었다. 문지기는 도로시 일행이 아름다운 에메랄드 시티를 떠나 혹여 새로운 위험에 빠지지 않을까 걱정하면서도 얼른 안경을 벗겨 초록색 상자에 넣으며 행운이 따르기를 기도했다.

"당신은 이제 우리의 통치자이십니다. 그러니 최대한 빨리 에메랄드 시티로 돌아오세요."

문지기가 허수아비에게 말했다.

"내 힘이 닿는 한 빨리 돌아오도록 하겠다. 하지만 먼저 도로시가 집으로 돌아갈 수 있도록 도와줘야 해."

허수아비가 대답했다.

"당신들의 아름다운 도시에서 정말로 친절한 대접을 받았어요. 모두 제게 잘 해주셨고요. 얼마나 고마운지 말로 표현할 수 없을 정도예요."

도로시가 마음이 선한 문지기에게 작별 인사를 하면서 말했다.

"그런 말씀 마세요. 아가씨가 우리와 함께 살면 좋겠지만 캔자스로 돌아가고 싶다니 부디 소원을 이루시기를 바랍니다."

그는 성 밖으로 통하는 문을 열어주었고, 도로시 일행은 에메랄드 시티를 떠나 긴 여행을 위한 걸음을 시작했다.

우리 친구들이 남쪽 나라를 향해 고개를 돌리자 환한 햇살이 비추었다. 일행 모두 활기에 차서 마음껏 웃고 떠들었다. 도로시는 집으로 돌아갈 수 있다는 희망에 가슴이 부풀어 올랐고, 허수아비와 양철 나무꾼은 소녀를 도울 수 있게 되어 무척이나 기뻤다. 사자는 신이 나서 신선한 공기를 마음껏 들이마셨다. 다시 들판으로 돌아온 것이 너무 기쁜 나머지 쉴 새 없이 꼬리를 흔들기도

했다. 토토는 친구들 사이를 활기차게 이리저리 뛰어다니면서 컹컹 짖으며 나방과 나비를 쫓느라 바빴다.

"난 도시 생활과 전혀 안 맞는 것 같아."

일행이 속도를 높여 걷기 시작하자 사자가 말했다.

"그곳에서 지내면서 살이 엄청 빠졌어. 앞으로 다른 동물들에게 내가 얼마나 용감해졌는지 보여줄 기회가 생겼으면 좋겠다."

일행은 마지막으로 고개를 돌려 에메랄드 시티의 모습을 쳐다보았다. 초록색으로 쌓은 거대한 벽 위로 뾰족한 첨탑과 오즈 궁전의 원형 지붕이 하늘 높이 솟아 있었다.

"어쨌거나 오즈는 그리 형편없는 마법사는 아니었어."

양철 나무꾼이 가슴팍에서 덜렁거리는 심장을 느끼며 말했다.

"나에게 뇌를 줄 방법도 알고 있었고. 그것도 아주 뛰어난 뇌를 말이야."

허수아비가 덧붙였다.

"만약 오즈도 내가 마신 용기의 액체를 마셨더라면 나처럼 용감해질 수 있었을 텐데."

사자가 말했다.

도로시는 아무 말도 하지 않았다. 물론 오즈가 자신과의 약속을 지키지는 못했지만, 그로서는 최선을 다했기에 오즈를 용서했다. 그의 말처럼 형편없는 마법사이기는 해도 심성은 고운 사람이었다.

여행 첫날, 도로시 일행은 에메랄드 시티 주변에 펼쳐진 초록색 들판과 아름다운 꽃밭을 가로질러 걷다가 저녁에는 풀밭에서 잠을 청했다. 머리 위로 보이는 거라고는 반짝이는 별들뿐이었지만 모두가 편안하게 휴식을 취했다.

다음 날 아침, 일행은 다시 길을 나서 나무가 빽빽한 숲에 도착했다. 좌우로 나무가 빽빽해 달리 돌아갈 방도도 없고, 자칫 길을 잃을 수도 있기 때문에 방향을 틀기가 어려웠다. 일행은 숲속으로 들어갈 가장 수월한 장소를 찾아 사방을 두리번거렸다.

마침내 제일 앞에서 걷던 허수아비가 가장 큰 나무를 찾아냈다. 나뭇가지가 넓게 펼쳐져서 잘만 하면 일행 모두 아래쪽으로 지나갈 수 있을 것 같았다. 하지만 허수아비가 첫 번째 가지 밑으로 들어가기 무섭게 나뭇가지 하나가 아래쪽으로 구부러지더니 허수아비의 몸을 친친 감고는 땅에서 번쩍 들어 올려 친구들이 있는 곳으로 내동댕이쳤다.

허수아비는 몸은 멀쩡했지만 꽤나 놀란 눈치였다. 도로시가 일으켜 세울 때까지도 어질어질한 모양이었다.

"이쪽 나무들 사이에도 공간이 있어."

사자가 외쳤다.

"내가 먼저 가볼게. 혹시 바닥에 내팽개쳐지더라도 다
치지 않을 테니까."

허수아비는 이렇게 말하고 다른 나무가 있는 쪽으로 다가갔다. 하지만 이번에도 곧바로 나뭇가지에 붙잡혀 바닥에 내동댕이쳐졌다.

"정말 이상한 일이야. 이제 어떻게 하지?"

도로시가 말했다.

"이 나무들은 우리랑 한판 붙을 작정을 하고 있나 봐. 우리 여행을 방해하려고 말이야."

사자가 말했다.

"이제 내가 나설 때가 된 것 같아."

양철 나무꾼이 도끼를 어깨에 메고 허수아비를 바닥에 내팽개친 첫 번째 나무 쪽으로 다가갔다. 그는 커다란 나뭇가지가 자신을 붙잡으려고 하자 온 힘을 다해서 도끼를 휘둘러 가지를 두 동강 내버렸다. 그러자 나무가 고통을 느끼기라도 하는 것처럼 가지를 덜덜 떨며 흔들리기 시작했다. 양철 나무꾼은 그 틈을 타서 나무 아래로 무사히 통과했다.

"이쪽으로! 서둘러!"

양철 나무꾼이 일행을 향해 소리쳤다.

토토를 제외한 일행은 별다른 부상 없이 나무 아래를 통과했다. 토토는 작은 가지에 붙잡혀 좌우로 정신없이 흔들리며 낑낑대고 있었다. 그러다가 양철 나무꾼이 잽

싸게 가지를 자른 덕분에 곧바로 풀려났다.

숲속의 다른 나무들은 더는 일행의 길을 막지 않았다. 도로시와 친구들은 맨 앞에 있는 나무들만 가지를 마음대로 움직일 수 있는 거라고 결론지었다. 낯선 사람들이 숲에 침입하는 것을 막기 위해 특별히 신비한 능력을 가지고 있는 모양이었다. 숲속의 경찰처럼 말이다.

네 명의 여행자는 쉽게 숲속을 지나 마침내 끝 지점에 도착했다. 그런데 놀랍게도 눈앞에 높은 벽이 나타났다. 도자기처럼 하얀 벽이었다. 접시처럼 표면이 매끈하고 그들의 키보다 훨씬 높았다.

"이제 어쩌면 좋지?"

도로시가 물었다.

"내가 사다리를 만들게. 그렇게라도 이 벽을 넘어가야 하니까."

양철 나무꾼이 말했다.

20
웅장한 도자기의 나라

양철 나무꾼이 나무로 사다리를 만드는 동안 도로시는 자리에 누워 잠을 청했다. 워낙 오래 걸어 지칠 대로 지쳤기 때문이다. 사자도 몸을 웅크리고 잠들었고 토토도 사자 옆에 누웠다.

"여기에 왜 이런 벽이 있는지 모르겠네. 벽을 무엇으로 만들었는지도 모르겠고."

양철 나무꾼이 일하는 모습을 지켜보던 허수아비가 말했다.

"뇌를 좀 쉬게 해줘. 벽은 걱정하지 말고. 일단 벽을 넘어보면 건너편에 뭐가 있는지 알게 되겠지."

양철 나무꾼이 말했다.

한참 뒤 사다리가 완성되었다. 어설프게 보였지만 양철 나무꾼은 벽을 넘는 데는 문제가 없을 거라고 장담했다. 허수아비는 잠든 도로시와 사자 그리고 토토를 깨워 사다리가 완성되었다고 말했다.

제일 먼저 허수아비가 사다리에 올랐다. 그런데 폼이 워낙 엉성해 도로시가 바로 뒤에서 따라 올라가야 했다.

"오, 세상에!"

벽의 제일 위쪽까지 올라간 허수아비가 건너편으로 고개를 쑥 내밀고 외쳤다.

"계속 가!"

도로시가 소리쳤다.

허수아비는 계속 올라가 벽 위에 걸터앉았다.

"세상에!"

뒤따르던 도로시가 건너편으로 고개를 내밀더니 외쳤다. 허수아비와 같은 반응이었다. 곧이어 올라온 토토는 컹컹 짖어대다 도로시에게 제지를 당했다. 다음은 사자, 그리고 마지막으로 양철 나무꾼이 올라왔는데 건너편을 본 둘은 입을 모아 외쳤다.

"세상에!"

네 명의 여행자는 벽 위에 나란히 걸터앉아 눈앞에 펼쳐진 신기한 광경을 바라보았다. 새하얗게 반짝이는 매끈한 바닥이 접시처럼 깔려 있는 웅장한 나라가 있었던 것이다.

거기엔 색색의 도자기로 만든 집들이 장식처럼 흩어져 있었는데, 워낙 작아 그중에서 가장 큰 집이 도로시의 허리춤 정도밖에 오지 않았다. 도자기로 울타리를 친 앙증맞은 헛간들도 군데군데 눈에 띄었고, 그 주변에는 도자기로 만든 소, 양, 말, 돼지, 닭들이 서로 무리를 지어 서 있었다.

가장 신기한 건 이 웅장한 나라의 백성들이었다. 젖을 짜는 처녀와 양치기들은 화려한 색감의 꽉 조이는 상의에 금색 물방울무늬 가운을 걸치고 있고, 공주들은 은색, 금색, 보라색으로 된 화려한 드레스를 입고 있었다. 양치기들은 핑크, 노랑, 파랑 줄무늬 반바지에 금색 버클이 박힌 신발을 신었고, 보석이 박힌 왕관을 쓴 왕자들은 족제비 털로 만든 예복에 몸에 달라붙는 새틴 상의를 입고 있었다. 목에 주름이 잡힌 상의를 입고 양 볼에는 붉은 점을 찍었으며 길고 뾰족한 모자를 쓴 광대들도 눈에 띄었다. 더욱 놀라운 것은 이 모두가 도자기로 만

들어졌다는 거였다. 그들이 입은 옷도 마찬가지였다. 다들 몸집도 아주 작았다. 개중에서 키가 큰 편인 사람도 도로시의 무릎에 미치지 못했다.

처음에는 아무도 도로시 일행에게 관심을 보이지 않았다. 머리만 큰 작은 보라색 도자기 강아지만이 벽 쪽으로 다가와 작은 소리로 짖다 도망쳤다.

"어떻게 내려가야 하지?"

도로시가 물었다. 사다리가 워낙 무거워서 끌어올릴 수가 없었기 때문이다.

결국 허수아비가 먼저 담장 아래로 뛰어내렸고 나머지 일행은 허수아비 위로 뛰어내렸다. 바닥이 딱딱했지만 허수아비 덕분에 발을 다치지는 않았다. 물론 허수아비의 머리 쪽에 닿지 않도록 조심하기도 했다. 발에 핀이 박히면 안 될 일이니까. 그리고 모두 안전하게 바닥으로 내려온 일행은 허수아비를 일으킨 뒤 납작해진 몸을 두드려 원래 상태로 만들어주었다.

"반대쪽으로 가려면 이 이상한 나라를 가로질러야 해. 남쪽 방향에서 벗어나는 건 현명하지 못한 행동이니까."

도로시가 말했다.

도로시와 친구들은 도자기 나라를 걷기 시작했다. 맨 처음 마주친 사람은 도자기 젖소의 젖을 짜는 도자기 아가씨였다. 그런데 젖소가 일행을 보고 놀라 발길질을 해대는 바람에 의자와 우유 통, 심지어 젖을 짜던 아가씨까지 요란한 소리와 함께 바닥으로 나뒹굴었다.

도로시는 젖소의 다리가 반으로 부러지고 우유 통이 산산조각 나고, 가여운 우유 짜는 아가씨의 왼쪽 팔꿈치에 금이 간 것을 보고 깜짝 놀랐다.

"이봐요! 지금 무슨 짓을 한 거죠? 우리 젖소 다리가 부러져서 수선집에 데려가 다시 붙여야 하잖아요. 어쩌자고 갑자기 나타나서 우리 소를 놀라게 하는 거예요?"

젖소 아가씨가 화난 목소리로 외쳤다.

"정말 죄송해요. 부디 용서해주세요."

도로시가 말했다.

하지만 예쁘장한 젖소 아가씨는 화가 많이 난 듯 아무 대답도 하지 않았다. 샐쭉한 표정으로 부러진 젖소 다리를 들고 저만치 간 젖소 아가씨는 금이 간 팔꿈치를 옆구리에 바짝 붙이고는 어깨너머로 조심성 없는 낯선 여행객들을 노려보았다. 가엾은 젖소는 남은 세 개의 다리로 절뚝거리며 따라갔다.

도로시는 예기치 못한 사고가 생기자 몹시 속상했다.

"여기서는 정말 조심해야겠어. 우리 때문에 이 예쁘고 작은 사람들이 고치지 못할 정도로 심하게 다칠 수도 있을 테니까."

마음씨 착한 양철 나무꾼이 말했다.

조심스럽게 걷던 일행이 그다음에 만난 사람은 아름답게 드레스를 차려입은 앳된 공주였다. 그런데 낯선 사람들을 본 공주는 놀라서 도망치기 시작했다.

"쫓아오지 말아요! 제발 쫓아오지 말라고요!"

공주의 목소리가 겁에 질려 있다는 것을 느낀 도로시가 걸음을 멈추고 물었다.

"왜 쫓아오지 말라는 거죠?"

"왜냐하면,"

공주가 적당히 거리를 두고 말을 이었다.

"도망치다가 넘어지면 산산조각이 날 테니까요."

"그럼 수리할 수 없나요?"

소녀가 물었다.

"아, 수리야 할 수 있죠. 하지만 알다시피 한 번 깨지면 수리를 해도 전처럼 예뻐질 수 없어요."

공주가 대답했다.

"그럴 수도 있군요."

도로시가 말했다.

"저기 우리 광대 중 하나인 조커 씨가 오시네요. 조커 씨는 항상 물구나무서기를 하려고 시도한답니다. 워낙

자주 다쳐서 백 군데는 수리했을 거예요. 그래서 전혀 예쁘지 않죠. 이쪽으로 오고 계시니 직접 눈으로 보면 되겠네요."

정말로 저만치서 활기 넘치는 작은 광대가 도로시 일행 쪽으로 걸어오고 있었다. 빨간색과 노란색, 그리고 초록색이 섞인 예쁜 외투를 입고 있었는데 군데군데 금이 가고 깨진 곳이 보였다. 워낙 깨진 곳이 많아 누가 봐도 자주 수리를 받았다는 걸 알 수 있을 정도였다.

광대는 양쪽 주머니에 손을 넣고 뺨을 잔뜩 부풀린 다음 짓궂은 표정으로 일행을 향해 고개를 까딱 숙이며 인사했다.

"어여쁜 아가씨,
대체 무슨 이유로
이 가엾은 조커를 쳐다보나요?
막대기를 삼킨 것처럼
뻣뻣하고 딱딱하시네요."

"조용히 하세요! 처음 보는 분들이잖아요. 최소한의 예의는 갖춰야 하지 않겠어요?"
공주가 윽박질렀다.

"글쎄다, 예의를 갖추라니 어이가 없네."

광대는 이렇게 응수하고는 곧바로 물구나무를 섰다.

"조커 씨는 신경 쓰지 마세요. 머리를 심하게 다쳐서 바보처럼 굴거든요."

공주가 말했다.

"아, 전혀 신경 쓰이지 않아요. 그런데 공주님은 정말로 아름답네요. 제가 무엇보다 아껴줄 수 있을 것 같아요. 혹시 공주님을 캔자스로 데리고 가서 엠 아주머니의 덮개 선반 위에 올려두어도 될까요? 바구니에 담아서 데리고 가면 돼요."

"그러면 나는 몹시 불행할 것 같아요. 보시다시피 나는 이곳 도자기 나라에서 충분히 만족스럽게 지내고 있잖아요. 마음대로 이야기하고 어디든 돌아다니면서. 하지만 도자기 나라 밖으로 나가면 곧바로 몸이 뻣뻣해져서 예쁜 장식품처럼 그대로 서 있는 것밖에 못 해요. 물론 사람들은 우리가 선반이나 장식장, 화장대 위에 예쁘게 서 있는 걸 원하겠지만, 우리는 이곳 도자기 나라에서 지내는 것이 훨씬 더 행복하답니다."

"공주님을 불행하게 만들 생각은 전혀 없어요. 그럼 이만 작별 인사를 해야겠네요!"

도로시가 말했다.

"잘 가요."

공주가 대답했다.

도로시 일행은 조심스럽게 도자기 나라를 가로질렀다. 그들은 조그만 동물들과 사람들이 행여 낯선 이들과 부딪쳐 몸이 부서질까 봐 서로 흩어져서 걸었다. 그렇게 한 시간 정도 걷자 반대쪽 끝자락에 도착했고, 또다시 도자기로 만든 벽이 나타났다.

하지만 처음 넘어온 벽만큼 높지 않아 사자의 등에 올라탄 채로 꼭대기까지 올라갈 수 있었다. 마지막으로 사자가 다리를 구부렸다가 펄쩍 뛰며 벽 위로 올랐다. 그런데 그 순간 사자의 꼬리가 움직이면서 도자기로 만든 교회를 쳐 산산조각이 나고 말았다.

"이 일을 어쩌면 좋아! 그래도 이 정도면 다행이야. 젖소의 다리와 교회를 부수기는 했지만 작은 사람들을 다치게 하지는 않았잖아. 도자기 나라의 사람들은 손만 대도 부서질 것 같은데 말이야!"

"그래, 맞는 말이야. 그리고 내 몸이 지푸라기라서 쉽게 다치지 않는 게 얼마나 다행인지 몰라. 세상에는 허수아비보다 더 힘들게 사는 부족도 있구나."

허수아비가 말했다.

21
동물의 왕이 된 사자

도자기 벽을 타고 내려가자 딱 봐도 유쾌하지 않은 지역이 나타났다. 사방이 악취가 풍기는 기다란 잡초와 수렁, 늪지로 둘러싸여 있었다. 걸음을 내디딜 때마다 진흙 구덩이에 발이 푹푹 빠졌고 잡초가 빽빽이 자라 앞도 제대로 보이지 않았다.

도로시와 친구들은 조심스럽게 잡초를 헤치며 걸음을 옮겨 마침내 단단한 지면에 닿았다. 지금까지 지나온 어떤 곳보다 거친 나라였다. 그런데 간신히 덤불숲을 빠져나온 일행 앞에 또 다른 숲이 나타났다. 그곳에는 지금껏 본 것 중 가장 크고 오래된 나무들이 서 있었다.

"정말 완벽하게 아름다운 숲이로군! 이보다 아름다운

256

곳은 한 번도 본 적이 없어!"

사자가 신이 나서 주위를 둘러보며 말했다.

"내 눈에는 황량해 보이는데."

허수아비가 말했다.

"전혀 아닌데. 평생 여기서 살 수 있으면 좋겠다. 발에 밟히는 낙엽들이 얼마나 부드러운지 몰라. 저기 고목에 붙은 이끼들도 풍성하고 싱그러워 보이잖아. 야생 동물에게 이보다 더 아늑한 집은 없을 거야."

"그렇다면 지금도 여기에 야생 동물들이 살고 있겠네."

도로시가 말했다.

"그럴 것 같아. 하지만 아직 한 마리도 안 보이네."

사자가 대답했다.

도로시 일행은 날이 저물어 더는 걸을 수 없을 때까지 숲길을 걸었다. 도로시와 토토, 사자는 누워서 잠이 들었고, 양철 나무꾼과 허수아비는 여느 때처럼 서서 주변을 살폈다.

아침이 되자 일행은 다시 걸음을 옮겼다. 그런데 얼마 지나지 않아 야생 동물들이 으르렁거리는 것 같은 낮은 소리가 들렸다. 토토가 잠시 낑낑대기는 했지만 일행은 별 두려움 없이 말끔하게 닦인 길을 따라 걸었고, 이

익고 넓게 트인 평지가 나타났다. 그곳에는 온갖 동물이 모여 있었다. 호랑이, 코끼리, 곰, 늑대, 여우 외에도 동물 역사에 기록된 갖가지 종이 모여 있었다. 순간 도로시는 겁이 났다. 그러자 사자가 그들은 동물 회의 중이며, 다들 으르렁대고 그르렁대는 것을 보니 아무래도 심각한 문제가 생긴 것 같다고 설명했다.

그때 몇몇 동물이 사자를 발견했고 마치 마법에 걸린 것처럼 순식간에 조용해졌다. 그중 몸집이 가장 큰 호랑이가 사자 쪽으로 달려와 절을 하더니 말했다.

"잘 오셨습니다. 동물의 왕이시어! 때마침 잘 오셨군요. 이번에도 적들과 싸워 우리 동물들이 사는 숲속에 평화를 가져다주세요."

"대체 무슨 일인가?"

사자가 낮은 목소리로 물었다.

"저희 모두가 엄청난 위험에 처해 있습니다. 최근에 우리 숲에 냉혹한 적이 찾아왔지요. 말로 표현할 수 없을 만큼 몸집이 큰 거미입니다. 몸집은 코끼리만 하고 다리는 나무기둥만큼 길지요. 더욱이 다리가 여덟 개나 달려 있어 그 긴 다리로 숲속을 헤집고 다니면서 닥치는 대로 동물을 잡아서 삼켜버립니다. 마치 거미가 파리를 잡아먹듯이 말이지요. 이 사나운 생명체가 살아 있는 한 우리 숲속의 동물들 누구도 안전할 수 없습니다. 그래서 이 문제를 어떻게 해결해야 할지 의논하기 위해 모였는데, 때마침 저희를 찾아와주셨군요."

"이 숲에 다른 사자가 있느냐?"

잠시 생각에 잠겨 있던 사자가 물었다.

"없습니다. 예전에 몇 마리 있었는데 그놈이 전부 잡아먹어 버렸습니다. 게다가 그 사자들은 당신만큼 몸집이 크거나 용맹하지도 않았습니다."

"만약 내가 너희들의 적을 해치운다면 모두 내 앞에 무릎을 꿇고 나를 동물의 왕으로 받들어 모시겠는가?"

사자가 물었다.

"기꺼이 그렇게 하겠습니다."

호랑이가 대답하자 다른 동물들도 그렇게 하겠다며 우렁찬 목소리로 동의를 표했다.

"그 거대한 거미는 어디에 있는가?"

사자가 물었다.

"저쪽 참나무 사이에 있습니다."

호랑이가 앞발로 참나무 숲을 가리키며 대답했다.

"내 친구들을 잘 보살펴주거라. 나는 가서 놈을 해치우고 오겠다."

사자가 말했다.

사자는 일행에게 작별 인사를 건네고 위풍당당하게 적과 결투를 벌이기 위해 몸을 움직였다. 사자가 찾아갔을 때 그 거대한 거미는 누워서 잠이 든 상태였다. 그 모습이 어찌나 흉측한지 사자는 메스꺼움을 느끼며 코를 씰룩거렸다. 호랑이의 말처럼 거대한 거미의 다리는 꽤나 길었고 온몸에 뻣뻣하고 시커먼 털이 나 있었다. 커다란 입에는 30센티미터는 족히 되어 보이는 뾰족한 이빨이 나란히 솟아 있었다.

그런데 거대한 몸집과 머리통을 연결하는 부분이 말벌의 허리처럼 얇았다. 그걸 본 사자는 거대한 생명체를 공격할 묘안이 떠올랐다. 사자는 놈이 깨어 있을 때보다 잠들었을 때 공격하는 것이 훨씬 쉽다는 것을 알고 있었다. 온몸을 웅크렸다가 곧장 거미의 등에 올라탄 사자는 날카로운 발톱을 바짝 세우고 커다란 앞발을 휘둘렀다. 그러자 거미의 머리가 몸통에서 데굴데굴 떨어져 나갔다. 다시 바닥으로 내려온 사자는 거미의 긴 다리들이 꿈틀대다가 멈출 때까지 가만히 지켜보았고, 마침내 움직임이 멈추자 거미가 죽었다는 것을 확신했다.

사자는 동물들이 기다리고 있는 곳으로 돌아와 한껏 으스대며 말했다.

"더는 두려워하지 않아도 된다."

그러자 모든 동물이 사자를 향해 절을 하고는 그를 동물의 왕으로 추대했다. 사자는 도로시가 캔자스까지 안전하게 돌아가는 모습을 본 후 다시 숲으로 돌아와 동물들을 다스리겠노라고 약속했다.

22
쿼들링족의 나라

네 명의 여행자는 별문제 없이 숲을 통과했다. 그런데
어둑어둑한 숲에서 벗어나자 꼭대기부터 바닥까지 거대
한 바위로 뒤덮인 가파른 언덕이 나타났다.

"언덕을 오르기가 만만치 않겠어. 하지만 어떻게든 언
덕을 넘어야 해."

허수아비가 이렇게 말하며 앞장섰고 나머지는 그의
뒤를 따르며 간신히 첫 번째 바위에 겨우 올라섰다. 그
때 어디선가 육중한 목소리가 들렸다.

"저리 가!"

"누구세요?"

허수아비가 물었다. 그러자 바위 위로 머리 하나가 쑥

나오더니 조금 전에 들은 목소리로 말했다.

"이 언덕은 우리 소유다. 그 누구도 이곳을 지나갈 수 없어."

"하지만 저희는 이곳을 지나가야 해요. 지금 쿼들링의 나라로 가는 길이거든요."

허수아비가 말했다.

"그래도 허락할 수 없다!"

그러더니 바위 뒤쪽에서 지금까지 본 그 어떤 사람보다 기묘하게 생긴 사내가 나타났다. 사내는 키가 작고 몸이 땅딸했으며 주름이 자글자글한 목 위로 정수리가 납작하게 눌린 머리가 붙어 있었다. 게다가 팔이 없었다. 이를 본 허수아비는 언덕을 넘어가도 그들이 막지 못할 거라는 생각이 들어 전혀 겁을 내지 않았다.

"당신 뜻대로 따라주지 못해서 미안하지만, 우리는 당신이 좋건 싫건 이 언덕을 지나가야 해요."

허수아비는 과감히 앞으로 발을 내디뎠다. 그 순간 쭈글쭈글한 목이 길게 늘어나면서 사내의 납작한 머리가 번개처럼 앞으로 튀어나오더니 허수아비의 몸통을 들이받았다. 허수아비는 비틀거리다 데굴데굴 굴러 언덕 아래로 떨어졌다. 그러자 사내의 머리는 원래대로 순식간에 몸쪽으로 쑥 들어갔다.

"생각만큼 쉽지 않을 것이다!"

그가 껄껄 웃으며 말했다. 다른 바위에서도 떠들썩한 웃음소리가 터져 나왔다.

도로시는 팔이 없는 수백 개의 망치 머리가 비탈진 언덕 곳곳의 바위에 숨어 있는 것을 발견했다. 허수아비가 굴러가는 모습을 보고 망치 머리들이 비웃자 순간 화가 치밀어 오른 사자가 우레처럼 큰 소리로 포효하며 언덕을 향해 달리기 시작했다. 그러나 이번에도 망치 머리가 순식간에 튀어나와 용감무쌍한 사자도 대포알을 맞은 것처럼 언덕 아래로 굴러 떨어졌다. 도로시는 그사이 허수아비에게 달려가 그를 일으켜 세웠다.

사자가 온몸에 멍이 들어 욱신대는 것을 참으며 도로시에게 다가와 말했다.

"저 망치 머리들과 싸워봤자 아무 소득이 없겠어. 그 누구도 저들을 막을 수 없을 거야."

"그럼 어떡하지?"

도로시가 물었다.

"날개 달린 원숭이를 부르는 게 어때? 아직 마지막 소원을 말할 기회가 남아 있잖아."

양철 나무꾼이 말했다.

"좋은 생각이야."

도로시는 재빨리 황금 모자를 쓴 뒤 마법의 주문을 외웠다. 그러자 언제나 그렇듯 날개 달린 원숭이들이 순식간에 나타났고, 불과 몇 분 만에 도로시 앞에 무리를 지어 모여들었다.

"저희가 무엇을 도와드리면 되겠습니까?"

우두머리 원숭이가 정중히 절을 하고 말했다.

"우리를 언덕 너머 쿼들링의 나라로 데려다주세요."

도로시가 말했다.

"그렇게 하겠습니다."

우두머리 원숭이가 대답했다. 그러자 날개 달린 원숭이들이 네 명의 여행자와 토토를 품에 안고 하늘로 날아올랐다. 그들이 언덕 위로 날자 화가 난 망치 머리들이 고함을 지르며 머리를 쑥 내밀었지만 날개 달린 원숭이들에게까지 닿지는 못했다.

날개 달린 원숭이들은 안전하게 언덕을 넘어 도로시와 친구들을 아름다운 쿼들링의 나라에 내려주었다.

"이것으로 당신이 우리를 부를 수 있는 기회가 끝났습니다. 행운이 함께하기를 바랍니다. 조심히 가세요."

우두머리 원숭이가 말했다.

"잘 가요, 정말 고마웠어요."

도로시가 말했다. 날개 달린 원숭이들은 도로시의 말이 끝나기 무섭게 하늘로 날아올라 눈 깜짝할 사이에 시야에서 사라졌다.

쿼들링의 나라는 풍요롭고 행복해 보였다. 넓은 들판에는 잘 익은 곡식들이 자라고, 그 사이로 잘 닦인 길이

나 있었으며, 아름답게 흐르는 시냇물 위에는 튼튼한 다리가 놓여 있었다. 그리고 윙키의 나라는 노란색, 먼치킨의 나라는 온통 파란색이었던 것처럼 쿼들링의 나라는 집과 울타리, 다리 등 모든 것이 빨간색이었다. 통통하게 살이 찌고 땅딸막하면서 순해 보이는 쿼들링들이 입은 옷도 빨간색이었는데 들판의 푸른 수풀, 노랗게 익은 곡식들과 대조를 이루어 더욱 선명하게 보였다.

　원숭이들이 도로시 일행을 내려준 곳은 농가 근처였다. 네 명의 여행자는 농가로 가서 문을 두드렸다. 농부의 아내가 문을 열자 도로시는 먹을 것이 있느냐고 물었다. 그러자 농부의 아내는 세 종류의 케이크와 네 종류

의 쿠키, 토토가 마실 우유까지 푸짐한 저녁 식사를 대접했다.

"글린다의 성까지는 얼마나 가야 하나요?"

도로시가 물었다.

"그리 멀지는 않아. 길을 따라서 남쪽으로 가다 보면 금방 도착할 거야."

농부의 아내가 대답했다.

식사를 마친 일행은 농부의 아내에게 감사의 인사를 하고 다시 새로운 여정을 시작했다. 그렇게 들판을 따라 걷다 아름다운 다리를 건너자 입이 쩍 벌어질 정도로 아름다운 성이 나타났고, 성문 앞에는 금색 장식용 술이 달린 빨간 제복 차림의 아가씨 세 명이 서 있었다.

"남쪽 나라에는 무슨 일로 오셨나요?"

도로시가 가까이 다가가자 그중 한 명이 물었다.

"퀴들링의 나라를 다스리는 선한 마녀를 만나러 왔어요. 저희를 남쪽 마녀님에게 데려다줄 수 있나요?"

도로시가 대답했다.

"이름을 말해주시면 글린다님에게 여쭤볼게요."

도로시가 일행의 이름을 밝히자 아가씨 병사가 성 안으로 들어갔고, 잠시 후 돌아와 도로시와 친구들에게 지금 바로 들어가도 좋다고 말했다.

23
선한 마녀 글린다, 도로시의 소원을 이뤄주다

글린다를 만나기 전, 도로시 일행은 성 안에 있는 방
으로 안내되었다. 거기서 도로시는 세수를 하고 머리를
빗었다. 사자는 갈기에 붙은 먼지를 털어냈고, 허수아비
는 몸을 툭툭 털어 보기 좋은 모양새로 만들었다. 양철
나무꾼은 관절 부분에 기름칠을 해 반짝반짝 광을 냈다.

그렇게 차림새를 가다듬은 도로시 일행은 병사 아가
씨를 따라 커다란 방으로 갔다. 글린다는 루비로 만든
왕좌에 앉아 있었다.

일행의 눈에 비친 마녀는 젊고 아름다웠다. 탐스러운
붉은 머리카락은 어깨 아래까지 구불거리며 늘어져 있고,
눈동자는 파란색이었으며, 순백의 드레스를 입고 있었다.

글린다는 다정한 눈빛으로 작은 소녀를
바라보았다.

"아가, 내가 무엇을 도와주면 되겠니?"
글린다가 물었다.

도로시는 남쪽 마녀에게 그동안 겪은 일을 전
부 들려주었다. 어쩌다가 회오리바람을 타고 오즈의 나
라로 오게 되었는지, 어떻게 친구들을 만나게 되었는지,
그리고 친구들과 함께했던 멋진 모험까지.

"이제 제 가장 큰 소원은 캔자스로 돌아가는 거예요.
엠 아주머니는 저에게 끔찍한 일이 생긴 줄 알고 몹시 슬
퍼하고 계실 거예요. 게다가 올해 농사가 작년보다 못하
다면, 헨리 아저씨께서 제 장례를 치를 비용도 감당하지
못하실 거고요."

도로시의 이야기를 모두 들은 글린다는 몸을 숙여 이 사랑스럽고 작은 소녀의 뺨에 다정하게 입맞춤을 해주었다.

"그 고운 마음씨에 축복이 깃들기를 빈다. 내가 캔자스로 돌아갈 방법을 알려줄 수 있을 것 같구나."

마녀는 곧바로 말을 이었다.

"다만 네가 가진 황금 모자를 내게 줘야 해."

"드릴게요! 어차피 이제 제게는 쓸모없는 물건인걸요. 이 모자를 가지고 계시면 날개 달린 원숭이들에게 세 가지를 명령할 수 있어요."

"그럼 이제 원숭이들에게 세 가지를 부탁해야 할 것 같구나."

글린다가 미소를 지으며 말했다.

도로시가 황금 모자를 건네자 글린다가 허수아비를 보며 물었다.

"도로시가 떠나고 나면 어떻게 할 생각이지?"

"저는 에메랄드 시티로 돌아갈 겁니다. 오즈가 저를 통치자의 자리에 앉혀주었고, 그곳 사람들도 저를 좋아하거든요. 한 가지 걱정은 망치 머리들이 있는 언덕을 어떻게 지나가야 할지 모른다는 겁니다."

"내가 황금 모자의 마법을 써서 날개 달린 원숭이들에

게 너를 에메랄드 시티의 성문까지 데려다주라고 명령하마. 이렇게 훌륭한 통치자를 빼앗는 것은 매우 유감스러운 일일 테니까."

마녀가 말했다.

"제가 정말 훌륭한가요?"

허수아비가 되물었다.

"매우 훌륭하단다."

글린다가 이번에는 양철 나무꾼을 보며 물었다.

"도로시가 떠나고 나면 어떻게 할 생각이지?"

"윙키족이 매우 친절하게 저를 대해주었습니다. 사악한 마녀가 죽은 뒤 저에게 나라를 다스려달라고 부탁했지요. 저도 윙키들이 좋습니다. 만약 서쪽 나라로 돌아갈 수 있다면, 평생 윙키들을 다스리며 사는 것보다 더좋은 일은 없겠지요."

잠시 도끼에 몸을 기대고 고민하던 양철 나무꾼이 대답했다.

"그렇다면 날개 달린 원숭이들에게 두 번째로 명령을내려 너를 윙키의 나라까지 안전히 데려다주게 하겠다. 너의 뇌는 허수아비의 뇌보다 크지는 않지만 광을 내면허수아비보다 훨씬 더 빛난다. 앞으로 윙키들을 현명하고 지혜롭게 다스리도록 하라."

그런 다음 마녀는 덩치가 크고 털이 덥수룩하게 자란 사자를 보며 말했다.

"도로시가 고향으로 돌아가고 나면 이제 어떻게 할 생각이지?"

"망치 머리의 언덕 뒤편에 아주 오래되고 커다란 숲이 있습니다. 그곳에 사는 동물들이 저를 왕으로 모시고 싶어 합니다. 만약 그 숲으로 돌아갈 수 있다면 평생 그 숲에서 행복한 시간을 보내고 싶습니다."

사자가 말했다.

"그렇다면 날개 달린 원숭이에게 세 번째 명령을 내려 너를 그 숲에 데려다주도록 하마. 그리고 황금 모자의 마법을 모두 사용한 뒤 이 모자는 우두머리 원숭이에게 돌려주어야겠다. 그러면 날개 달린 원숭이 무리를 이끌고 영원히 자유롭게 살 수 있을 것이다."

허수아비와 양철 나무꾼, 사자는 선한 마녀 글린다의 친절에 진심으로 감사 인사를 드렸다. 그때 글린다의 이야기를 듣고 있던 도로시가 외쳤다.

"마녀님은 아름다운 외모만큼이나 좋은 분이시군요. 그런데 아직 제가 캔자스로 돌아갈 방법은 알려주지 않으셨어요."

"네가 신고 있는 은 구두가 너를 고향으로 데려다줄

거야. 만약 은 구두가 가진 마법의 힘에 대해 알고 있었다면, 처음 이곳에 온 날 엠 아주머니에게 돌아갈 수 있었을 텐데."

글린다가 말했다.

"그렇다면 저는 멋진 뇌를 얻지 못했을 거예요. 평생을 농부의 옥수수 밭에서 살아갔을 거고요."

허수아비가 말했다.

"그렇다면 저는 사랑스러운 심장을 얻지 못했을 거예요. 평생을 숲속에 홀로 서서 녹슬어갔을 테지요."

양철 나무꾼이 말했다.

"그렇다면 저는 영원히 겁쟁이 사자로 살았을 거예요. 그럼 숲속에 사는 동물들도 저에게 친절하지 않았을 거고요."

사자가 말했다.

"전부 진실이에요. 제가 이렇게 좋은 친구들에게 도움을 줄 수 있어서 너무 기뻐요. 하지만 지금은 다들 자신이 소원하는 것을 이루었고, 앞으로 다스려야 할 나라도 생겨 행복해졌잖아요. 그러니까 이제 저도 캔자스로 돌아가고 싶어요."

도로시가 말했다.

"그 은 구두에는 놀라운 힘이 숨겨져 있단다."

선한 마녀 글린다가 말했다.

"그중 가장 신비로운 능력은 세 걸음만 걸으면 네가 원하는 곳 어디로든 데려다줄 수 있다는 거야. 구두 굽을 바닥에 세 번 부딪치고 가고 싶은 곳을 이야기하면 된단다."

"만약 그게 사실이라면 당장 캔자스로 데려다달라고 부탁할래요."

도로시가 말했다.

도로시는 양팔로 사자를 끌어안고 작별의 입맞춤을 한 뒤 사자의 커다란 머리를 쓰다듬었다. 그다음엔 양철 나무꾼에게 입을 맞추었는데, 나무꾼은 관절이 녹슬까

걱정될 정도로 흐느꼈다. 허수아비한테는 물감으로 그린 얼굴에 입맞춤을 하는 대신 부드럽고 포근한 몸을 다정히 안아주었다. 사랑하는 친구들과 헤어져야 한다고 생각하니 도로시도 갑자기 눈물이 왈칵 터졌다.

선한 마녀 글린다가 루비로 만든 왕좌에서 내려와 작은 소녀에게 작별의 입맞춤을 해주었다. 도로시는 자신과 친구들에게 베풀어준 친절에 대해 감사 인사를 건넸다.

드디어 도로시는 토토를 품에 안고 마지막으로 한 번 더 작별 인사를 한 뒤 비장한 표정으로 구두 굽을 바닥에 세 번 부딪치며 외쳤다.

"나를 엠 아주머니가 계신 곳으로 데려다줘!"

순간 도로시의 몸이 공중으로 치솟았다. 그 속도가 어찌나 빠른지 눈에 보이는 것도 없고 느껴지는 거라고는 귓가에 스치는 바람 소리뿐이었다.

은 구두는 정확히 세 걸음 만에 멈추었다. 도로시는 갑자기 구두가 멈추는 바람에 어딘지도 모르는 풀밭 위로 데굴데굴 굴렀다.

"세상에!"

한참을 구르다 자리에 앉은 도로시가 주위를 둘러보며 외쳤다.

도로시가 앉아 있는 곳은 드넓은 캔자스의 평원이었

고, 눈앞에는 새로 지은 농장이 보였다. 회오리바람 때문에 집이 날아가 헨리 아저씨가 새로 지은 곳이었다.

헨리 아저씨는 헛간에서 소젖을 짜고 있었다. 도로시의 품을 벗어난 토토는 신이 나서 컹컹 짖으며 헛간 쪽으로 달려갔다.

자리에서 일어서던 도로시는 구두가 사라졌다는 것을 깨달았다. 은 구두는 하늘을 날아오는 도중에 벗겨져 사막 어딘가에 떨어졌고, 도로시는 그렇게 영원히 은 구두를 잃고 말았다.

24
다시 집으로

양배추에 물을 주려고 집을 나서다 고개를 든 엠 아주머니는 깜짝 놀랐다. 저만치서 도로시가 달려오는 모습이 보였다.

"사랑하는 아가!"

엠 아주머니는 작은 소녀를 품에 안고 눈물을 글썽이며 얼굴에 키스를 퍼부었다.

"대체 어디 있다가 이제 오는 거야?"

"오즈의 나라에 있었어요."

도로시가 사뭇 진지하게 말했다.

"여기 토토도 함께 왔어요. 엠 아주머니, 다시 집으로
돌아와서 너무 기뻐요!"

라이먼 프랭크 바움 연보

———

1856   미국 뉴욕주에서 아버지 벤저민 워드 바움과 어머니 신시아 스탠튼 바움의 일곱째이자 막내로 태어남. 석유 사업과 부동산으로 부를 축적한 아버지 덕분에 유복한 어린 시절을 보냈지만 태어나면서부터 심장 질환이 있었음.

1869   체력이 약하고 심약한 바움을 걱정한 그의 부모가 바움을 픽스킬 육군 사관학교에 입학시킴. 하지만 고된 훈련과 체벌 등을 견디지 못함.

1871   육군 사관학교를 중퇴하고 집으로 돌아와 개인 교습을 받음. 형제들과 가족 신문을 발행하며 글쓰기에 재미를 느낌.

1875   신문 인쇄소 경영을 시작하고 〈새 시대〉라는 신문을 창간함.

1882   모드 게이즈와 결혼해 네 명의 자녀를 둠. 모드 게이즈는 당시 미국에서 가장 유명한 여성 운동가의 딸임.

1886   가세가 점점 기울며 양계업을 시작. 바움의 첫 책이자 닭 사육의 조언서인 《함부르크 양계법》을 출간함.

1887   아버지 벤저민 바움 사망.

1888   가족과 애버딘으로 이주. '바움스 바자'라는 잡화점을 운영했지만 실패함.

1891	운영하던 신문사가 파산하고 가족과 시카고로 이주. 〈이브 닝 포스트〉지의 기자로 일하다 백화점의 바이어로 일함. 장 모의 권유로 글을 쓰기 시작함.
1897	단편동화집 《신문으로 읽는 마더 구즈 이야기》 출간. 이 책 이 성공하며 백화점 일을 그만둘 수 있었음.
1899	삽화가 덴슬로를 만남. 그와 《파더 구즈》를 작업하고 큰 성 공을 거두며 본격적인 작가의 길을 걷기로 결심함.
1900	덴슬로와 작업한 두 번째 책 《오즈의 마법사》 출판. 비평가 와 독자, 모두의 사랑을 받으며 장편 시리즈를 기획.
1901	덴슬로가 삽화를 그린 마지막 바움의 책 《메리랜드의 도트와 토트》 출판.
1902	《오즈의 마법사》를 뮤지컬로 개작. 시카고에서 초연.
1904	존 R. 닐이 삽화를 그린 '오즈' 시리즈 두 번째 책 《환상의 나 라 오즈》 출판. 닐은 이후 모든 오즈 시리즈의 삽화를 그림.
1907	캘리포니아 샌디에이고의 만 건너편 코로나도 해변에서 겨 울을 보낸 이야기를 다룬 '오즈' 시리즈 세 번째 책 《오즈의 오즈마》 출판.
1908	'오즈' 시리즈 네 번째 책 《도로시와 오즈의 마법사》 출판. 시 카고 오케스트라 홀에서 〈오즈의 나라〉와 〈존 도우와 천사〉 의 라디오 연극을 직접 내레이션. 이 연기는 이후 여러 주에

서 투어로 선보임. 관객 수가 많고 호평도 받았지만 금전적
손실을 봄.

1909 '오즈' 시리즈 다섯 번째 책 《오즈로 가는 길》 출판.
      가족과 로스앤젤레스로 이주.

1910 '오즈' 시리즈 여섯 번째 책 《오즈의 에메랄드 시티》 출판. 할
      리우드에 자신의 집 '오즈콧' 건설.

1913 '오즈' 시리즈 일곱 번째 책 《오즈의 누더기 소녀》 출판.
      바움이 각본을 쓰고 루이 F. 고트샬크가 음악을 작곡한 뮤지
      컬 〈오즈의 틱톡맨〉 공연.

1914 '오즈' 시리즈 여덟 번째 책 《오즈의 틱톡》 출판.
      '오즈 필름'이라는 영화사를 설립해 대표, 제작자, 시나리오
      작가로 활동. 여러 무성 영화를 제작했지만 흥행에 실패하면
      서 파산함.

1919 '오즈' 시리즈 열네 번째 책 《오즈의 마법》 출판.
      5월 6일에 프랭크 바움 사망.

1925 채드윅 픽처스에서 장편 무성 영화 〈오즈의 마법사〉 공개.

1939 할리우드에서 주디 갈런드가 도로시 역으로 출연한 〈오즈의
      마법사〉 개봉.

오즈의 마법사 판본

———

《오즈의 마법사》의 판본은 매우 다양하다. 어린이를 위한 축약본도 마찬가지다. 그중 눈여겨볼 만한 완전한 판본은 다음과 같다.

L. 프랭크 바움의 《오즈의 마법사 해설》. W. W. 덴슬로의 삽화, 마이클 패트릭 헌의 서론, 주석, 참고 문헌(뉴욕: 클락슨 N. 포터, 1973). 마이클 패트릭 헌이 제공한 상세한 주해와 시론, 덴슬로에 관한 부수적 자료를 담았다. 참고 문헌 목록에 바움의 책을 연대순, 철자순으로 넣고 비평도 실었다.

L. 프랭크 바움의 《오즈의 마법사》. W. W. 덴슬로의 삽화, 마틴 가드너의 서론(뉴욕: 도버 출판, 1960). 초판(1900)의 복제본으로 덴슬로의 그림 색깔이 달라졌고, 삽화도 텍스트 곳곳에 퍼져 있던 초판과 달리 함께 모아두었다.

L. 프랭크 바움의 《오즈의 마법사》. W. W. 덴슬로의 삽화, 마이클 패트릭 헌의 판본(뉴욕: 쇼켄 북스, 1983). 헌의 서론이 담긴 교정판. 주요 평론 여러 편과 2차 자료의 참고 문헌도 실었다.

작품 해설

───

환상적 아동문학인가, 아니면 풍자소설인가!

라이먼 프랭크 바움은 여동생에게 바치는 최초의 아동 도서 《마더 구즈 이야기Mother Goose in Prose(1897)》에서 다음과 같이 말했다.

"어린아이를 즐겁게 하는 일은 인간의 마음을 따스하게 하고, 이는 그 자체로 가치 있고 사랑스러운 일이다. 부디 나의 책이 그러한 의도를 달성하여 어린아이의 마음에 닿기를 바란다."

신데렐라나 백설 공주, 또는 수많은 이야기의 주인공들은 대부분 어른이 되고 결혼을 하며 교훈과 함께 행복을 완성하는 결론을 맺지만 바움의 주인공들은 어린이로 머문 것들이 많다. 그리고 바움은 당시 '교훈적'이어야 한다는 아동문학을 탈피해 즐거움에 집중했다. 이런 바움의 작품은 초창기에 "피상적으로 즐거움을 주는 일은 텅 빈 가게의 쇼윈도에서 화려한 진열대로 관심을 끄는 행위에 지나지 않는다."며 비난을 받기도 했다. 하지만 독자들은 환상적이고 재미있는, 새로운 아동문학의 지평을 연 바움의 이야기에 열광하며 오랫동안 사랑하고 있다.

《오즈의 마법사》의 도로시는 작품 안에서 어른이 되지 않는다. 그리고 도로시와 친구들이 머문 오즈는 어린이가 지배하고 어린이의 관점에서 바라보는 세계이다. 먼치킨은 성인이지만 작은 몸집을 지녔다. 허수아비는 태어난 지 얼마 안 되었으며 양철 나무꾼은 성인처럼 사랑을 하기 어려운 상태다. 겁쟁이 사자는 어린이의 두려움을 품고 있는 귀여운 동물이다.

오즈의 세계에서는 어린이가 전부로 그려진다. 그리고 이 어린이들은 힘없고 수동적인 어린아이가 아닌 사랑과 용기, 지혜와 가족애를 쟁취하게 위해 모험을 불사하는 진취적인 존재이다. 가장 순수한 상태에서 갈구하는 인간의 절대적 가치! 《오즈의 마법사》가 보여주는 서사는 아동문학의 교훈적 메시지를 뛰어넘어 성인과 아동독자에게 다른 의미를 안겨주는 이중성을 보여주고 있다. 이를 보고 교육자들은 아동 도서의 사회화 현상이라 일컫기도 한다.

이 때문인지 《오즈의 마법사》는 어린이는 물론이고 순수함을 향수하는 '어른'들에게도 꾸준히 사랑받고 있다. 《오즈의 마법사》가 만화나 영화, 뮤지컬로 끊임없이 회자되고 있는 이유도 바로 이 동심의 회기라는 기본틀과 인간이 추구하는 가치를 환상적인 장치들도 건드려주기 때문일 것이다.

20세기 중반 처음으로 바움을 비평하는 진지한 흐름이 시작되었을 때, 문학적으로 영향력을 지닌 교육자 헨리 리틀필드는 《오즈의 마법사》가 사회적 맥락을 상징적으로 재현했으며 정치적, 사회적 우화로 읽힐 수 있다고 주장했다.

1800년대 후반, 은의 가치가 하락하면서 유럽과 미국은 금의 보관량만큼 화폐를 발행할 수 있는 금본위제를 도입하게 된다. 그런데 금본위제를 도입한 이후, 미국은 심각한 디플레이션을 겪게 되었고 물가와 임금이 동시에 떨어지는 경기침체를 맞았다. 여기에 여러 정책적 실수들이 겹치고, 세계 경기의 영향을 받아 1893년에는 심한 양극화와 침체기를 맞이한다. 이때 금이 아닌 은본위제, 금과 은을 동시에 쓰는 복본위제를 주장하는 사람들이 나타나게 되었다. 그리고 바움이 바로 이 복본위제를 지지하는 인물이며 《오즈의 마법사》는 금본위제를 풍자하는 소설이라는 것이었다.

리틀필드의 해석에 따르면 허수아비는 가난한 농민, 양철 나무꾼은 산업 노동자, 사자는 복본위제를 주장하다 대선에서 패한 정치인이며 마녀와 마법사는 기업가와 정치인의 상징이라는 것이다. 이를 뒷받침하는 설정으로 '황금 벽돌 길'을 '은' 구두를 신고 걷는 도로시의 모습과 금의 무게인 온스(Ounce)의 약자인 오즈(Oz)가 있다. 도로시는 은 구두를 신고 황금 벽돌 길을 따라 걸으며 갖은 고난과 맞이하다가 결국 '은' 구두의 마법을 알고 집으로 돌아간다.

리틀필드와 반대되는 다른 비평에 따르면 《오즈의 마법사》가 소비문화를 찬미한다는 주장도 있다. 마법사는 자신의 시민을 위해 소비 도시를 건설하고 최고의 잡화점을 운영하며 에메랄드 시티 사람 중 가난한 이는 없다. 또 마법사는 도로시와 친구들에게 적절한 대가를 지불해야 소망을 이뤄준다고 하며 도로시와 친구들은 욕망을 이뤄줄 공간으로 오즈를 찾았다는 것이다.

많은 논란과 수많은 해석을 불러일으키는 《오즈의 마법사》의 진짜 의미는 현재로서는 알 수 없다. 바움이 말한 '즐거움'을 위한 아동문학인지, 아니면 당시의 시대상을 담은 풍자문학인지, 소비를 찬미하는 글인지는 말이다. 분명한 것은 당시 최고의 삽화가인 윌리엄 덴슬로가 참여한 《오즈의 마법사》는 지금까지도 아동문학의 고전으로 꼽히고 있으며 1902년 개봉한 흥행 뮤지컬 《오즈의 마법사》를 포함해 오즈 시리즈를 기초로 제작한 44편 이상의 연극, 그리고 여섯 편의 영화 시나리오로 뻗어 나갔다는 것이다.

이는 《오즈의 마법사》가 많은 논란에도 불구하고 어린이와 어른 독자 모두에게 삶의 가치와 즐거움을 안겨주었다는 증명일 것이다.